이상 작품집

띠지에 있는 작가 이상의 사진을 사용함에 있어서 사용 허가를 얻고자 하였으나
저작권자와 연락이 닿지 않았습니다. 출판사로 연락 주시면 합당한 절차에 따라
저작권 관련 사항을 진행하겠습니다.

# 이상 작품집

**초판 1쇄 발행** 2020년 2월 10일
**초판 3쇄 발행** 2023년 10월 5일

**지은이** 이상
**펴낸이** 남기성

**펴낸곳** 주식회사 자화상
**인쇄,제작** 데이타링크
**출판사등록** 신고번호 제 2016-000312호
**주소** 서울특별시 마포구 월드컵북로 400, 2층 201호
**대표전화** (070) 7555-9653
**이메일** sung0278@naver.com

ISBN 979-11-90298-51-3 03810

# 이상 작품집

이상 지음

자화상

# 1부 시

## 2부 수필

# 3부 소설

원문을 그대로 옮기는 것을 원칙으로 삼았으나,
해석이 지나치게 어렵거나 어법에 맞지 않는 경우
현대의 표현으로 수정하였음을 밝힙니다.

1부

시

# 거울

거울 속에는 소리가 없소
저렇게까지 조용한 세상은 참 없을 것이오


거울 속에도 내게 귀가 있소
내 말을 못 알아 듣는 딱한 귀가 두 개나 있소


거울 속의 나는 왼손잡이오
내 악수(握手)를 받을 줄 모르는—악수를 모르는 왼손
잡이요


거울 때문에 나는 거울 속의 나를 만져보지를 못하는
구료마는
거울이 아니었던들 내가 어찌 거울 속의 나를 만나보
기라도 했겠소

나는 지금(至今) 거울을 안 가졌소마는 거울 속에는 늘
거울 속의 내가 있소
　　잘은 모르지만 외로된 사업(事業)에 골몰할게요


　　거울 속의 나는 참 나와는 반대(反對)요마는
　　또 꽤 닮았소
　　나는 거울 속의 나를 근심하고 진찰(診察)할 수 없으니
퍽 섭섭하오



　　　　　　　　　　《가톨릭청년》1933.7.

# 가정

　문(門)을암만잡아다녀도안열리는것은안에생활(生活)이모자라는까닭이다. 밤이사나운꾸지람으로나를졸른다. 나는우리집내문패(門牌)앞에서여간성가신게아니다. 나는밤속에들어서서제웅처럼자꾸만감(減)해간다. 식구(食口)야봉(封)한창호(窓戶)어데라도한구석터놓아다고내가수입(收入)되어들어가야하지않나. 지붕에서리가내리고뾰족한데는침(鍼)처럼월광(月光)이묻었다. 우리집이앓나보다그러고누가힘에겨운도장을찍나보다. 수명(壽命)을헐어서전당(典當)잡히나보다. 나는그냥문(門)고리에쇠사슬늘어지듯매어달렸다

# 이상한 가역반응

임의의 반경의 원(과거분사의 시제)

원내의 일점과 원외의 일점을 결부한 직선

두 종류의 존재의 시간적 경향성
(우리들은 이것에 관하여 무관심하다)

직선은 원을 살해하였는가

현미경
그 밑에 있어서는 인공도 자연과 다름없이 현상되었
다.


×

같은 날의 오후

　물론 태양이 존재하여 있지 아니하면 아니 될 처소에
존재하여 있었을 뿐만 아니라

　그렇게 하지 아니하면 아니 될 보조를 미화하는 일까
지도 하지 아니하고 있었다.


　발달하지도 아니하고 발달하지도 아니하고
　이것은 분노이다.


　철책 밖의 백대리석 건축물이 웅장하게 서 있던
　진진(眞眞)의 각 바아의 나열에서
　육체에 대한 처분을 센티멘탈리즘하였다.


　목적이 있지 아니하였더니만큼 냉정하였다.


　태양이 땅에 젖은 잔등을 내려쬐었을 때
　그림자는 잔등 전방에 있었다.


　사람은 말하였다.
　'저 변비증 환자는 부잣집으로 식염을 얻으려 들어가
고자 희망하고 있는 것이다'

라고

............

《조선과 건축》 1931년 7월호

## 파편의 경치

— △은 나의 AMOUREUSE이다

나는 하는 수 없이 울었다

전등이 담배를 피웠다

▽은 I/W이다

×

▽이여 ! 나는 괴롭다

나는 유희한다

▽의 슬립퍼어는 과자와 같지 아니하다

어떻게 나는 울어야 할 것인가

×

쓸쓸한 들판을 생각하고

쓸쓸한 눈 나리는 날을 생각하고
나의 피부를 생각하지 아니한다


기억에 대하여 나는 강체이다


정말로
「같이 노래 부르세요」
나의 무릎을 때렸을 터인 일에 대하여
▽은 나의 꿈이다


스틱크 ! 자네는 쓸쓸하며 유명하다


어찌할 것인가


        ×


마침내 ▽을 매장한 설경이었다


《조선과 건축》1931년 7월호

## ▽의 유희
### ― △은 나의 AMOUREUSE이다


종이로 만든 배암을 종이로 만든 배암이라고 하면
▽은 배암이다


▽은 춤을 추었다


▽의 웃음을 웃는 것은 파격이어서 우스웠다


슬립퍼어가 땅에서 떨어지지 아니하는 것은 너무 소
름끼치는 일이다
　▽는 눈은 동안이다
　▽은 전등을 삼등 태양인 줄 안다


　　×


▽은 어데로 갔느냐

여기는 굴뚝꼭대기냐

나의 호흡은 평상적이다
그러한 탕그스텐은 무엇이냐
(그 무엇도 아니다)

굴곡한 직선
그것은 백금과 반사계수가 상호동등한다

▽은 데불 맡에 숨었느냐

×

1

2

3

3은 공배수의 정벌로 향하였다
전보는 아직 오지 아니하였다

《조선과 건축》 1931년 7월호

# 수염

— (수·수·그밖에수염일수있는것들·모두를이름)


1

눈이존재하여있지아니하면아니될처소는삼림인웃음
이존재하여있었다


2

홍당무


3

아메리카의유령은수족관이지만대단히유려하다
그것은음울하기도한것이다


4

계류에서—

건조한식물성이다

가을


5

일소대의군인이동서의방향으로전진하였다고하는것
은

무의미한일이아니면아니된다

운동장이파열하고균열한따름이니까


6

삼심원


7

조(粟)를그득넣은밀가루포대

간단한수유의월야이었다


8

언제나도둑질할것만을계획하고있었다

그렇지는아니하였다고한다면적어도구걸이기는하였
다

9

소한것은밀한것의상대이며또한

평범한것은비범한것의상대이었다

나의신경은창녀보다도더욱정숙한처녀를원하고있었

다


10

말(馬)—

땀(汗)—


×


여(余), 사무로써산보라하여도무방하도다

여(余), 하늘의푸르름에지쳤노라이같이폐쇄주의로다


《조선과 건축》 1931년 7월호

## BOITEUX BOITEUSE

긴것

짧은것

열십자

×

그러나CROSS에는기름이묻어있었다.

추락

부득이한평행

물리적으로아팠었다

(이상以上평면기하학)

×

오렌지

대포

포복(匍匐)

×

만약자네가중상을입었다할지라도피를흘렸다고한다
면참멋쩍은일이다.

오—
침묵을타박하여주면좋겠다
침묵을여하히타박하여나는홍수같이소란할것인가
침묵은침묵이냐

메스를갖지아니하였다하여의사일수없는것일까

천체(天體)를잡아찢는다면소리쯤은나겠지

나의보조(步調)는계속(繼續)된다
언제까지도나는시체이고자하면서시체이지아니할것
인가

《조선과 건축》 1931년 7월호

# 공복(空腹)

바른 손에 과자 봉지가 없다고 해서
왼손에 쥐어져 있는 과자봉지를 찾으려 지금 막은 길
을 오리나 되돌아갔다

이 손은 화석하였다

이 손은 이제는 이미 아무것도 소유하고 싶지도 않다
소유된 물건의 소유된 것을 느끼기조차 하지 아니한다

지금 떨어지고 있는 것 이 눈(雪)이라고 한다면 지금
떨어진 내 눈물은 눈(雪)이어야 할 것이다

나의 내면과 외면과
이건의 계통인 모든 중간들은 지독히 춥다

좌 우

이 양측의 손들이 상대방의 의리를 저버리고 두 번 다
시 악수하는 일은 없이

곤란한 노동만이 가로 놓여 있는 이 정돈하여 가지 아
니하면 아니 될 길에 있어서 독립을 고집하는 것이기는
하나

추우리로다

추우리로다


누구는 나를 가리켜 고독하다고 하느냐

이 군웅할거를 보라

이 전쟁을 보라


나는 그들의 알력의 발열의 한복판에서 혼수한다

심심한 세월이 흐르고 나는 눈을 떠본즉

시체도 증발한 다음의 고요한 월야를 나는 상상한다


천진한 촌락의 축견들아 짖지 말게나

내 험온은 적당스럽거니와

내 희망은 감미로웁다

《조선과 건축》1931년 7월호

# 꽃나무

벌판한복판에 꽃나무하나가있소. 근처(近處)에는꽃나무가하나도없소. 꽃나무는제가생각하는꽃나무를 열심(熱心)으로생각하는것처럼 열심으로꽃을피워가지고섰소. 꽃나무는제가생각하는꽃나무에게갈수없소. 나는막달아났소. 한꽃나무를위(爲)하여 그러는것처럼 나는참그런이상스러운흉내를내었소.

《가톨릭청년》1933.7.

# 이런 詩

역사(役事)를하노라고 땅을파다가 커다란돌을하나 끄
집어 내어놓고보니 도무지어디인가 본듯한생각이들게
모양이생겼는데 목도(木徒)들이 그것을메고나가더니 어
디다갖다버리고온모양이길래 쫓아나가보니 위험(危險)
하기짝이없는 큰길가더라.

그날밤에 한소나기하였으니 필시(必是)그돌이깨끗이
씻겼을터인데 그이튿날가보니까 변괴(變怪)로다 간데온
데없더라. 어떤돌이와서 그돌을업어갔을까 나는참이런
처량(悽凉)한생각에서아래와같은작문(作文)을지었다.

「내가 그다지 사랑하던 그대여 내한평생(平生)에 차마
그대를 잊을수없소이다. 내차례에 못올사랑인줄은 알면
서도 나혼자는 꾸준히생각하리라. 자그러면 내내어여쁘
소서」

어떤돌이 내얼굴을 물끄러미 치어다보는것만같아서
이런시(詩)는그만찢어버리고싶더라


《가톨릭청년》1933.7.

1933. 6. 1.


    칭우에서 삼십 년 동안이나 살아온 사람 (어떤 과학자)
삼십 만 개나 넘는 별을 다 헤어 놓고만 사람 (역시) 인간
칠십 아니 이 십 사년동안이나 뻔뻔히 살아온 사람 (나)
나는 그날 나의자서전에 자필의 부고를 삽입하였다 이후
나의 육신은 그런 고향에는 있지 않았다 나는 자신 나의
시가 차압당하는 꼴을 목도하기는 차마 어려웠기 때문
에.


《가톨릭청년》 1933.7.

## 보통기념

시가에 전화가 일어나기 전
역시나는 '뉴턴'이 가르치는 물리학에는 퍽 무지하였
다


나는 거리를 걸었고 점두에 평과 산을 보면은 매일같
이 물리학에 낙제하는 뇌수에 피가 묻은 것처럼 자그만
하다


계집을 신용치 않는 나를 계집은 절대로 신용하려들
지 않는다
나의 말에 계집에게 낙제운동으로 영향되는 일이 없
었다


계집은 늘 내말을 눈으로 들었다
내말 한마디가 계집의 눈자위에 떨어져 본 적이 없다

기어코 시가에는 전화가 일어났다
나는 오래 계집을 잊었었다
내가 나를 버렸던 까닭이었다


주제도 더러웠다 때 끼인 손톱은 길었다
무위한일월을 피난소에서 이런 일 저런 일
'우라까에시'(이반) 재봉에 골몰하였느니라


　종이로 만든 푸른 솔잎가지에 또한 종이로 만든 흰 학
동체 한 개가 서있다 쓸쓸하다


　화로가 햇볕같이 밝은 데는 열대의 봄처럼 부드럽다
　그 한구석에서 나는 지구의 공전일주를 기념할 줄을
다 알았더라


《월간 매신》1934.7.

## 소영위제

1

달빛속에있는네얼굴앞에서내얼굴은한장얇은피부가
되어너를칭찬하는내말씀이발음하지아니하고미닫이를간
지르는한숨처럼동백꽃밭내음새지니고있는네머리털속으
로기어들면서모심드키내설움을하나하나심어가네나

2

진흙밭헤매일적에네구두뒤축이눌러놓는자국에비내
려가득괴었으니이는온갖네거짓말네농담에한없이고단한
이설움을곡으로울기전에따에놓아하늘에부어놓는내억울
한술잔네발자국이진흙밭을헤매이며헤뜨려놓음이냐

3

달빛이내등에묻은거적자국에앉으면내그림자에는실
고추같은피가아물거리고대신혈관에는달빛에놀래인냉수

가방울방울젖기로니너는내벽돌을씹어삼킨원통하게배고
파이지러진헝겊심장을들여다보면서어항이라하느냐


《중앙》1934.9.

# 정식

정식

I

해저에 가라앉는 한 개 닻처럼 소도가 그 구간 속에 멸형하여 버리더라 완전히 닳아 없어졌을 때 완전히 사망한 한 개 소도가 위치에 유기되어 있더라

정식

II

나와 그 알지 못할 험상궂은 사람과 나란히 앉아 뒤를 보고 있으면 기상은 몰수되어 없고 선조가 느끼던 시사의 증거가 최후의 철의성질로 두 사람의 교제를 금하고 있고 가졌던 농담의 마지막 순서를 내어버리는 이 정돈한 암흑 가운데의 분발은 참 비밀이다 그러나 오직 그 알

지 못할 험상궂은 사람은 나의 이런 노력의 기색을 어떻게 살펴 알았는지 그 때문에 그 사람이 아무것도 모른다 하여도 나는 또 그 때문에 억지로 근심하여야 하고 지상 맨 끝 정리인데도 깨끗이 마음 놓기 참 어렵다

정식
III

웃을 수 있는 시간을 가진 표본 두개골에 근육이 없다

정식
IV

너는 누구냐 그러나 문 밖에 와서 문을 두드리며 문을 열라고 외치니 나를 찾는 일심이 아니고 또 내가 너를 도무지 모른다고 한들 나는 차마 그대로 내어버려둘 수는 없어서 문을 열어 주려 하나 문은 안으로만 고리가 걸린 것이 아니라 밖으로도 너는 모르게 잠겨 있으니 안에서만 열어주면 무엇을 하느냐 너는 누구기에 구태여 닫힌 문 앞에 탄생하였느냐

정식

V


키가 크고 유쾌한 수목이 키 작은 자식을 낳았다 궤조가 평편한 곳에 풍매 식물의 종자가 떨어지지만 냉담한 배척이 한결같아 관목은 초엽으로 쇄약하고 초엽은 하향하고 그 밑에서 청사는 점점수척하여가고 땀이 흐르고 머지않은 곳에서 수은이 흔들리고 숨어 흐르는 수맥에 말뚝 박는 소리가 들렸다


정식

VI


시계가 뻐꾸기처럼 뻐꾹 거리길래 쳐다보니 목조 뻐꾸기 하나가 와서 모으로 앉는다 그럼 저게 울었을 리도 없고 제법 울까 싶지도 못하고 그럼 아까운 뻐꾸기는 날아갔나


《가톨릭청년》 1935.4.

## 지비(紙婢)

　내키는커서다리는길고�왼다리아프고안해키는작아서
다리는짧고바른다리가아프고내바른다리와안해왼다리와
성한다리끼리한사람처럼걸어가면아아이부부는부축할수
없는절름발이가되어버린다무사한세상이병원이고꼭치료
를기다리는무병이끝끝내있다

《중앙일보》1935.9.15.

## 지비
### —어디갔는지모르는아내

○지비1

아내는 아침이면 외출한다 그날에 해당한 한남자를 속이려가는 것이다 순서야 바꾀어도 하루에 한 남자 이상은 대우하지 않는다고 아내는 말한다 오늘이야말로 정말 돌아오지 않으려나 보다하고 내가 완전히 절망하고 나면 화장은 있고 인상은 없는 얼굴로 아내는 형용처럼 간단히 돌아온다 나는 물어보면 아내는 모두 솔직히 이야기한다 나는 아내의 일기에 만일 아내가나를 속이려 들었을 때 함직한 속기를 남편된 자격 밖에서 민첩하게 대서한다

○지비2

아내는 정말 조류였던가보다 아내가 그렇게 수척하고 거벼워졌는데도 날으지 못한 것은 그 손까락에 끼기웠던 반지 때문이다 오후에는 늘 분을 바를 때 벽한겹 걸러서

나는 조롱을 느낀다 얼마 안가서 없어질 때까지 그 파르
스레한 주둥이로 한 번도 쌀알을 쪼으려 들지 않았다 또
가끔 미닫이를 열고 창공을 쳐다보면서도 고운 목소리로
지저귀려 들지 않았다 아내는 날을 줄과 죽을 줄이나 알
았지 지상에 발자국을 남기지 않았다 비밀한 발을 늘버
선 신고 남에게 안보이다가 어느 날 정말 아내는 없어졌
다 그제야 처음방안에 조분 내음새가 풍기고 날개퍼덕이
던 상처가 도배위에 은근하다 헤뜨러진 깃부스러기를 쓸
어 모으면서 나는 세상에도 이상스러운 것을 얻었다 산
탄 아아아내는 조류이면서 원체 닻과 같은 쇠를 삼켰더
라 그리고 주저앉았었더라 산탄은 녹슬었고 솜털 내음새
도 나고 천근무게더라 아아

　○지비3
　이방에는 문패가 없다 개는 이번에는 저쪽을 향하여
짖는다 조소와 같이 아내의 벗어놓은 버선이 나같은 공
복을 표정하면서 곧 걸어갈 것 같다 나는 이방을 첩첩이
닫치고 출타한다 그제야 개는 이쪽을 향하여 마지막으로
슬프게 짖는다

《중앙일보》 1936.1.

# 가외가전

휜조때문에마멸되는몸이다. 모두가소년이라고들그리
는데노야인기색이많다. 혹형에씻기워서산반알처럼자격
너머로튀어오르기쉽다. 그러니까육교위에서또하나의편
안한대륙을내려다보고근근히산다. 동갑네가시시거리며
떼를지어답교한다. 그렇지않아도육교는또월광으로충분
히천칭처럼제무게에끄덱인다. 타인의그림자는위선넓다.
미미한그림자들이얼떨김에모조리앉아버린다. 앵도가진
다. 종자도연멸한다. 정탐도흐지부지—있어야옳을박수
가어째서없느냐. 아마아버지를반역한가싶다. 묵묵히—
기도를봉쇄한체하고말을하면사투리다. 아니—이무언이
휜조의사투리리라. 쏟으려는노릇—날카로운신단이성성
한육교그중심한구석을진단하듯어루만지기만한다. 나날
이썩으면서가리키는지향으로기적히골목이뚫렸다. 썩는
것들이낙차나며골목으로몰린다. 골목안에는치사스러워
보이는문이있다. 문안에는금니가있다. 금니안에는추잡

한혀가달린폐환이있다. 오—오—. 들어가면서나오지못
하는타입깊이가장부를닮는다. 그위로짝바뀐구두가비철
거린다. 어느균이어느아랫배를앓게하는것이다. 질다.

반추한다. 노파니까. 맞은편평활한유리위에해소된정
체를도포한졸음오는혜택이뜬다. 꿈—꿈— 꿈을짓밟는허
망한노역—이세기의곤비와살기가바둑판처럼널리깔렸
다. 먹어야사는입술이악의로꾸긴진창위에서슬며시식사
흉내를낸다. 아들—여러아들—노파의결혼을걷어차는여
러아들들의육중한구두—구두바닥의징이다.

층단을몇번이고아래로내려가면갈수록우물이드물다.
좀지각해서는텁텁한바람이불고—하면학생들의지도가요
일마다채색을고친다. 객지에서도리없이다수굿하던지붕
들이어물어물한다. 즉이취락은바로여드름돋는계절이래
서으쓱거리다잠꼬대위에더운물을붓기도한다. 갈—이갈
때문에견디지못하겠다.

태고의호수바탕이던지적이짜다. 막을버틴기둥이습해
들어온다. 구름이근경에오지않고오락없는공기속에서가
끔편도선들을앓는다. 화폐의스캔달—발처럼생긴손이염

치없이노파의통고하는손을잡는다.


눈에띄우지않는폭군이잠입하였다는소문이있다. 아기
들이번번이애총이되고되고한다. 어디로피해야저어른구
두와어른구두가맞부딪는꼴을안볼수있으랴. 한창급한시
각이면가가호호들이한데어우러져서멀리포성과시반이제
법은은하다.


여기있는것들모두가그방대한방을쓸어생긴답답한쓰
레기다. 낙뢰심한그방대한방안에는어디로선가질식한비
둘기만한까마귀한마리가날아들어왔다. 그러니까강하던
것들이역마잡듯픽픽쓰러지면서방은금시폭발할만큼정결
하다. 반대로여기있는것들은통요사이의쓰레기다.

간다. 『손자』도탑재한낙차가방을피하나보다. 속기를
펴놓은상궤위에알뜰한접시가있고접시위에삶은계란한개
─포─크로터뜨린노란자위겨드랑에서난데없이부화하는
훈장형조류─푸드덕거리는바람에방안지가찢어지고병원
위에좌표잃은부첩떼가난무한다. 궐련에피가묻고그날밤
에유곽도탔다. 번식하고거짓천사들이하늘을가리고온대
로건넌다. 그러나여기있는것들은뜨뜻해지면서한꺼번에
들떠든다. 방대한방은속으로곪아서벽지가가렵다. 쓰레

기가막힌는다.

《시와 소설》 1936.3.

# 명경

여기 한페—지 거울이 있으니
잊은 계절에서는
엇은 머리가 폭포처럼 내리우고


울어도 젖지않고
맞대고 웃어도 휘지않고
장미처럼 착착 접힌
귀
들여다보아도 들여다보아도
조용한 세상이 맑기만 하고
코로는 피로한 향기가 오지 않는다.


만적 만적하는 대로 수심이 평행하는
부러 그러는 것같은 거절
우편으로 옮겨 앉은 심장일망정 고동이

없으란 법 없으니

설마 그러랴? 어디촉진……
하고 손이 갈 때 지문이지문을 가로막으며
선뜩하는 차단뿐이다.

오월이면 하루 한번이고
열번이고 외출하고 싶어하더니
나갔던 길에 안 돌아오는 수도 있는 법

거울이 책장같으면 한 장 넘겨서
맞섰던 계절을 만나련만
여기 있는 한페—지
거울은 페—지의 그냥 표지—

《여성》1936.5.

# 오감도

## 시제1호

13인의아해가도로로질주하오.
(길은막다른골목이적당하오.)

제1의아해가무섭다고그리오.
제2의아해도무섭다고그리오.
제3의아해도무섭다고그리오.
제4의아해도무섭다고그리오.
제5의아해도무섭다고그리오.
제6의아해도무섭다고그리오.
제7의아해도무섭다고그리오.
제8의아해도무섭다고그리오.
제9의아해도무섭다고그리오.
제10의아해도무섭다고그리오.
제11의아해가무섭다고그리오.
제12의아해도무섭다고그리오.

제13의아해도무섭다고그리오.

13인의아해는무서운아해와무서워하는아해와그렇게 뿐이모였소.

(다른사정은없는것이차라리나았소)


그중에1인의아해가무서운아해라도좋소.

그중에2인의아해가무서운아해라도좋소.

그중에2인의아해가무서워하는아해라도좋소.

그중에1인의아해가무서워하는아해라도좋소.


(길은뚫린골목이라도적당하오.)

13인의아해가도로로질주하지아니하여도좋소.


《조선중앙일보》1934년 7월 24일 조간 3면

# 오감도

## 시제2호

    나의아버지가나의겨테서조을적에나는나의아버지가
되고또나는나의아버지의아버지가되고그런데도나의아버
지는나의아버지대로나의아버지인데어쩌자고나는자꾸나
의아버지의아버지의아버지의……아버지가되니나는웨나
의아버지를껑충뛰어넘어야하는지나는웨드듸어나와나의
아버지와나의아버지의아버지와나의아버지의아버지의아
버지노릇을한꺼번에하면서살아야하는것이냐

《조선중앙일보》1934년 7월 25일 조간 4면

# 오감도

## 시제3호

  싸홈하는사람은즉싸홈하지아니하든사람이고또싸홈하는사람은싸홈하지아니하는사람이엇기도하니까싸홈하는사람이싸홈하는구경을하고십거든싸홈하지아니하든사람이싸홈하는것을구경하든지싸홈하지아니하는사람이싸홈하는구경을하든지싸홈하지아니하든사람이나싸홈하지아니하는사람이싸홈하지아니하는것을구경하든지하얏으면그만이다

《조선중앙일보》1934년 7월 25일 조간 4면

# 오감도

# 시제4호

환자의 용태에 관한 문제.

1 2 3 4 5 6 7 8 9 0 ·

1 2 3 4 5 6 7 8 9 · 0

1 2 3 4 5 6 7 8 · 9 0

1 2 3 4 5 6 7 · 8 9 0

1 2 3 4 5 6 · 7 8 9 0

1 2 3 4 5 · 6 7 8 9 0

1 2 3 4 · 5 6 7 8 9 0

1 2 3 · 4 5 6 7 8 9 0

1 2 · 3 4 5 6 7 8 9 0

1 · 2 3 4 5 6 7 8 9 0

· 1 2 3 4 5 6 7 8 9 0

진단 0 : 1

26.10.1931

이상 책임의사 이 상

《조선중앙일보》1934년 7월 28일 조간 3면

# 오감도

## 시제5호

모후좌우를 제하는 유일의 흔적에 있어서

익은불서 목불대도

반왜소형의 신의 안전에 아전낙상한 고사를 유함.

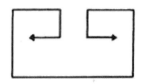

장부라는 것은 침수된 축사와 구별될 수 있을는가.

《조선중앙일보》1934년 7월 28일 조간 3면

# 오감도

# 시제6호


앵무 ※ 두 마리
　　　두 마리
　　※ 앵무는 포유류에 속하느니라.


내가 이필을 아아는 것은 내가 이필을 아알지 못하는
것이니라. 물론 나는 희망할 것이니라.
　앵무 두 마리


『이 소저는 신사 이상의 부인(夫人)이냐』『그렇다』
　나는 거기서 앵무가 노한 것을 보았느니라. 나는 부끄
러워서 얼굴이 붉어졌었겠느니라.
　앵무 두 마리
　앵무 두 마리


물론 나는 추방당하였느니라. 추방당할 것까지도 없이

자퇴하였느니라. 나의 체구는 중축을 상실하고 또 상당히 창량하여 그랫든지 나는 미미하게 체읍하였느니라.

『저기가 저기지』『나』『나의─아─너와나』『나』 SCANDAL이라는 것은 무엇이냐.『너』『너구나』『너지』『너다』『아니다 너로구나』 나는 함뿍 젖어서 그래서 수류처럼 도망하였느니라. 물론 그것을 아아는 사람은 혹은 보는 사람은 없었지만 그러나 과연 그럴는지 그것조차 그럴는지.

《조선중앙일보》1934년 7월 31일 석간 3면

# 오감도

## 시제7호

　구원적거의 지의 일지·일지에 피는 현화·특이한 4월의 화초·30륜·30륜에 전후되는 양측의 명경·맹아와 같이 희희하는 지평을 향하여 금시금시 낙백하는 만월·청간의 기 가운데 만신창이의 만월이의 형당하여 혼륜하는·적거의 지를 관류하는 일봉가신·나는 근근히 차대하였더라·몽몽한 월아·정밀을 개엄하는 대기권의 요원·거대한 곤비 가운데의 일년 사월의 공동·반산 전도하는 성좌와 성좌의 천열된 사호동을 포도하는 거대한 풍설·강매·혈홍으로 염색된 암염의 분쇄·나의 뇌를 피뢰침삼아 침하반과되는 광채임리한 망해·나는 탑배하는 독사와 같이 지평에 식수되어 다시는 기동할 수 없었더라·천량이 올 때까지

《조선중앙일보》1934년 8월 1일 석간 3면

# 오감도

## 시제8호 해부

| | | |
|---|---|---|
| | 수술대 | 1 |
| | 수은도말평면경 | 1 |
| 제1부시험 | 기압 | 2배의 평균기압 |
| | 온도 | 개무 |

위선마취된 정면으로부터 입체와 입체를 위한 입체가 구비된 전부를 평면경에 영상시킴. 평면경에 수은을 현재와 반대측면에 도말이전함. (광선침입방지에 주의하여) 서서히 마취를 해독함. 일축철필과 일장백지를 지급함. (시험담임인은 피시험인과 포옹함을 절대 기피할 것) 순차수술실로부터 피시험인을 해방함. 익일. 평면경의 종축을 통과하여 평면경을 2편에 절단함. 수은도말 2회.

ETC 아직도 만족한 결과를 수득치 못하였음.

| 제2부시험 | 직립한 평면경 | 1 |
| | 조수 | 수명 |

야외의 진실을 선택함. 위선마쳐된 상지의 첨단을 경면에 부착시킴. 평면경의 수은을 박락함. 평면경을 후퇴시킴. (이때 영상된 상지는 반드시 초자를 무사통과 하겠다는 것으로 가설함) 상지의 종단까지. 다음 수은도말. (재래면에)이순간 공전과 자전으로부터 그 진공을 강차시킴. 완전히 2개의 상지를 접수하기까지. 익일. 초자를 전진시킴. 연하여 수은주를 재래면에 도말함(상지의 처분) (혹은 멸형)기타. 수은도말면의 변경과 전진후퇴의 중복등.

ETC 이하 미상

《조선중앙일보》1934년 8월 2일 석간 3면

# 오감도

## 시제9호 총구

매일같이 열풍이 불더니 드디어 내 허리에 큼직한 손이 와닿는다. 황홀한 지문 골짜기로 내 땀내가 스며들자마자 쏘아라. 쏘으리로다. 나는 내 소화기관에 묵직한 총신을 느끼고 내 다물은 입에 매끈매끈한 총구를 느낀다. 그러더니 나는 총을 쏘듯이 눈을 감으며 한 방 총탄 대신에 나는 참 나의 입으로 무엇을 내뱉었더냐.

《조선중앙일보》 1934년 8월 3일 석간 3면

# 오감도

## 시제10호 나비

찢어진 벽지에 죽어가는 나비를 본다. 그것은 유계에 낙역되는 비밀한 통화구다. 어느 날 거울 가운데의 수염에 죽어가는 나비를 본다. 날개 축 처진 나비는 입김에 어리는 가난한 이슬을 먹는다. 통화구를 손바닥으로 꼭 막으면서 내가 죽으면 앉았다 일어서듯이 나비도 날아가리라. 이런 말이 결코 밖으로 새어나가지는 않게 한다.

《조선중앙일보》1934년 8월 3일 석간 3면

# 오감도

## 시제11호

그 사기컵은 내 해골과 흡사하다. 내가 그 컵을 손으로 꼭 쥐었을 때 내 팔에서는 난데없는 팔 하나가 접목처럼 돋히더니 그 팔에 달린 손은 그 사기컵을 번쩍 들어 마룻바닥에 메어 부딪는다. 내 팔은 그 사기컵을 사수하고 있으니 산산이 깨어진 것은 그럼 그 사기컵과 흡사한 내 해골이다. 가지났던 팔은 배암과 같이 내 팔로 기어들기 전에 내 팔이 혹 움직였던들 홍수를 막은 백지는 찢어졌으리라. 그러나 내 팔은 여전히 그 사기컵을 사수한다.

《조선중앙일보》 1934년 8월 4일 석간 3면

# 오감도

## 시제12호

    때묻은 빨래조각이 한뭉텅이 공중으로 날라떨어진다. 그것은 흰비둘기의 떼다. 이 손바닥만한 한조각 하늘 저편에 전쟁이 끝나고 평화가 왔다는 선전이다. 한무더기 비둘기의 떼가 깃에 묻은 때를 씻는다. 이 손바닥만한 하늘이편에 방망이로 흰비둘기의 떼를 때려죽이는 불결한 전쟁이 시작된다. 공기에 숯검정이가 지저분하게 묻으면 흰비둘기의 떼는 또한번 이 손바닥만한 하늘저편으로 날아간다.

《조선중앙일보》1934년 8월 4일 석간 3면

# 오감도

## 시제13호

내 팔이 면도칼을 든 채로 끊어져 떨어졌다. 자세히 보면 무엇에 몹시 위협당하는 것처럼 새파랗다. 이렇게 하여 잃어버린 내 두개팔을 나는 촉대세움으로 내 방안에 장식하여 놓았다. 팔은 죽어서도 오히려 나에게 겁을 내이는 것만 같다. 나는 이러한 얇다란 예의를 화초분보다도 사랑스레 여긴다.

《조선중앙일보》1934년 8월 7일 석간 3면

# 오감도

## 시제14호

   고성 앞에 풀밭이 있고 풀밭 위에 나는 모자를 벗어놓
았다.

   성 위에서 나는 내 기억에 꽤 무거운 돌을 매어 달아
서는 내 힘과 거리껏 팔매질쳤다. 포물선을 역행하는 역
사의 슬픈 울음소리. 문득 성 밑 내 모자곁에 한 사람의
걸인이 장승과 같이 서 있는 것을 내려다보았다. 걸인은
성 밑에서 오히려 내 위에 있다. 혹은 종합된 역사의 망
령인가. 공중을 향하여 놓인 내 모자의 깊이는 절박한 하
늘을 부른다. 별안간 걸인은 율률한 풍채를 허리굽혀 한
개의 돌을 내 모자 속에 치뜨려 넣는다. 나는 벌써 기절
하였다. 심장이 두개골 속으로 옮겨가는 지도가 보인다.
싸늘한 손이 내 이마에 닿는다. 내 이마에는 싸늘한 손자
국이 낙인되어 언제까지 지워지지 않았다.

《조선중앙일보》1934년 8월 7일 석간 3면

# 오감도

## 시제15호

1

나는 거울 없는 실내에 있다. 거울속의 나는 역시 외출
중이다. 나는 지금 거울속의 나를 무서워하며 떨고 있다.
거울속의 나는 어디 가서 나를 어떻게 하려는 음모를 하
는 중일까.

2

죄를 품고 식은 침상에서 잤다. 확실한 내 꿈에 나는
결석하였고 의족을 담은 군용장화가 내 꿈의 백지를 더
럽혀놓았다.

3

나는 거울속에 있는 실내로 몰래 들어간다. 나를 거울
에서 해방하려고, 그러나 거울속의 나는 침울한 얼굴로
동시에 꼭 들어온다. 거울속의 나는 내게 미안한 뜻을 전

한다. 내가 그때문에 영어되어 있듯이 그도 나때문에 영어되어 떨고 있다.


4

내가 결석한 나의 꿈. 내 위조가 등장하지 않는 내 거울. 무능이라도 좋은 나의 고독의 갈망자다. 나는 드디어 거울속의 나에게 자살을 권유하기로 결심하였다. 나는 그에게 시야도 없는 들창을 가리키었다. 그 들창은 자살만을 위한 들창이다. 그러나 내가 자살하지 아니하면 그가 자살할 수 없음을 그는 내게 가르친다. 거울속의 나는 불사조에 가깝다.


5

내 왼편 가슴 심장의 위치를 방탄금속으로 엄폐하고 나는 거울속의 내 왼편 가슴을 겨누어 권총을 발사하였다. 탄환은 그의 왼편 가슴을 통과하였으나 그의 심장은 바른편에 있다.


6

모형심장에서 붉은 잉크가 엎질러졌다. 내가 지각한 내 꿈에서 나는 극형을 받았다. 내 꿈을 지배하는 자는 내가 아니다. 악수할 수조차 없는 두 사람을 봉쇄한 거대한 죄가 있다.

《조선중앙일보》1934년 8월 8일 조간 4면

# 오감도

## 작가의 말

왜 미쳤다고들 그러는지 대체 우리는 남보다 수십 년
씩 떨어지고도 마음 놓고 지낼 작정이냐. 모르는 것은 내
재주도 모자랐겠지만 게을러 빠지게 놀고만 지내던 일도
좀 뉘우쳐 봐야 아니 하느냐. 여남은 개쯤 써 보고서 시
만들 줄 안다고 잔뜩 믿고 굴러다니는 패들과는 물건이
다르다. 이천 점에서 삼십 점을 고르는 데 땀을 흘렸다.
31년 32년 일에서 용대가리를 딱 꺼내어 놓고 하도들 야
단에 배암 꼬랑지커녕 쥐꼬랑지도 못 달고 그냥 두니 서
운하다. 깜박 신문이라는 답답한 조건을 잊어버린 것도
실수지만 이태준 박태원 두 형이 끔찍이도 편을 들어 준
데는 절한다.

철―이것은 내 새 길의 암시요 앞으로 제 아무에게도
굴하지 않겠지만 호령하여도 에코―가 없는 무인지경은
딱하다. 다시는 이런―물론 다시는 무슨 다른 방도가 있
을 것이고 위선 그만둔다. 한동안 조용하게 공부나 하고

딴은 정신병이나 고치겠다.


(미발표)

2부

수필

# 동경(東京)


내가 생각하던 마루노우치 빌딩—속칭 '마루비루'—은 적어도 이 '마루비루'의 네 갑절은 되는 굉장한 것이었다. 뉴욕 브로드웨이에 가서도 나는 똑같은 환멸을 당할는지— 어쨌든 '이 도시는 몹시 가솔린 내가 나는구나!'가 동경의 첫인상이었다.

우리 같이 폐가 칠칠치 못한 인간은 우선 이 도시에 살 자격이 없다. 입을 다물어도 벌려도 척 가솔린 내가 침투되어 버렸으니 무슨 음식이고 간에 얼마간의 가솔린 맛을 면할 수 없다. 그러면 동경 시민의 체취는 자동차와 비슷해 가리로다.

이 '마루노우치'라는 빌딩 동리에는 빌딩 외에 주민이 없다. 자동차가 구두 노릇을 한다. 도보하는 사람이라고는 세기말과 현대 자본주의를 비예(睥睨)하는 거룩한 철학인, 그 외에는 하다못해 자동차라도 신고 드나든다.

그런데 내가 어림없이 이 동리를 5분 동안이나 걸었

다. 그러면 나도 현명하게 '택시'를 잡아타는 수밖에—

나는 택시 속에서 이십세기라는 제목을 연구했다. 창밖은 지금 궁성(宮城) 호리 곁. 무수한 자동차가 영영(營營)히 이십세기를 유지하느라고 야단들이다. 십구세기 쉬적지근한 내음새가 썩 많이 나는 내 도덕성은 어째서 저렇게 자동차가 많은가를 이해할 수 없으니까 결국은 대단히 점잖은 것이렷다.

신주쿠(新宿)는 신주쿠다운 성격이 있다. 박빙을 밟는 듯한 사치—우리는 프랑스 야시키에서 미리 우유를 섞어 가져온 커피를 한잔 먹고 그리고 십 전씩을 치를 때 어쩐지 구 전 오 리보다 오 리가 더 많은 것 같다는 느낌이었다. '에루테루ERUTERU'—동경 시민은 불란서를 HURANSU라고 쓴다—는 세계에서 가장 맛있는 연애를 한 사람의 이름이라고 나는 기억하는데 '에루테루'는 조금도 슬프지 않다. 신주쿠—귀화(鬼火) 같은 이 번영 삼정목(三丁目)—저편에는 판장(板墻)과 팔리지 않는 지대(地垈)와 오줌 누지 말라는 게시가 있고 또 집들도 물론 있겠지요.

C군은 우선 졸려 죽겠다는 나를 치쿠지(築地) 소극장으로 안내한다. 극장은 지금 놀고 있다. 가지가지 포스터를 붙인 이 일본 신극운동의 본거지가 내 눈에는 서투른

설계의 끽다점 같았다. 그러나 서푼짜리 영화는 놓치는
한이 있어도 이 소극장만은 때때로 참관하였으니 나도
연극 애호가 중으로는 고급이다. 인생보다는 '연극이 재
미있다.'는 C군과 반대로 H군은 회의파다.

아파트의 H군의 방이 겨울에는 십육 원, 여름에는 십
사 원, 춘추로 십오 원, 이렇게 산비둘기처럼 변하는 회
계에 대하여 그는 회의와 조소가 크고 깊다. 나는 건망증
이 좀 심하므로 그렇게 계절을 따라 재주를 부리지 않는
방을 원하였더니 시골사람으로 이렇게 먼 데를 혼자 찾
아온 것을 보니 당신은 역시 재주가 많은 사람이라고 조
추 양이 나를 위로한다. 나는 그의 코 왼편 언덕에 걸린
사마귀가 역시 당신의 행복을 상징하는 것이라고 위로해
주고 나서 후지 산을 한번 똑똑히 보았으면 원이 없겠다
고 부언해 두었다.

이튿날 아침 일곱 시에 지진이 있었다. 나는 들창을 열
고 흔들리는 대동경을 내어다보니까 빛이 노랗다. 그 저
편 잘 개인 하늘 소꿉장난 과자같이 가련한 후지 산이 반
백의 머리를 내어놓은 것을 보라고 조추 양이 나를 격려
했다.

긴자(銀座)는 한개 그냥 허영독본(虛榮讀本)이다. 여기
를 걷지 않으면 투표권을 잃어버리는 것 같다. 여자들이

새 구두를 사면 자동차를 타기 전에 먼저 긴자의 보도를 디디고 와야 한다.

낮의 긴자는 밤의 긴자를 위한 해골이기 때문에 적잖이 추하다. '살롱 하루' 굽이치는 네온사인을 구성하는 부지깽이 같은 철골들의 얼크러진 모양은 밤새고 난 여급의 퍼머넌트 웨이브처럼 남루하다. 그러나 경시청에서 '길바닥에 침을 뱉지 말라'고 광고판을 써 늘어놓았으므로 나는 침을 뱉을 수는 없다.

긴자 팔정목이 내 측량에 의하면 두 자가웃쯤 될는지! 왜? 적염난발(赤染亂髮)의 모던 영양(令孃) 한 분을 삼십 분 동안에 두 번 반이나 만날 수 있었으니 말이다. 영양은 지금 영양 하루 중의 가장 아름다운 시간을 소화하시려 나오신 모양인데 나의 건조무미한 이 프롬나드는 일종 반추에 지나지 않는다.

나는 교바시(京橋) 곁 지하 공동변소에서 간단한 배설을 하면서 동경 갔다 왔다고 그렇게나 자랑을 하던 여러 친구들의 이름을 한번 암송해 보았다.

시와스(走師)—섣달 대목이란 뜻이리라. 긴자 거리 모퉁이 모퉁이의 구세군 사회냄비가 보병총처럼 걸려 있다. 일 전, 일 전만 있으면 가스로 밥 한 냄비를 끓일 수 있다. 이렇게 귀중한 일 전을 이 사회 냄비에 던질 수는 없다. 고맙다는 소리는 일 전어치 와사만큼 우리 인생을 비익(裨益)하지 않을 뿐 아니라 때로는 신선한 산책을 불쾌하게 하는 수도 있으니 보이와 걸이 자선 쪽박을 백안시하는 것도 또한 무도(無道)가 아니리라. 묘령의 낭자 구세군, 얼굴에 여드름이 좀 난 것이 흠이지만 청춘다운 매력이 횡일(橫溢)하니 '폐경기 이후에 입영(入營)하여서도 그리 늦지는 않을걸요.' 하고 간곡히 그의 전향을 권설(勸說)하고도 싶었다.

미쓰코시(三越), 마쓰자카야(松坂屋), 이토야(伊東屋), 시로키야(白木屋), 마쓰야(松屋) 이 칠층 집들이 요새는 밤에 자지 않는다. 그러나 우리는 그 속에 들어가면 안 된다.

왜? 속은 칠 층이 아니요 한 층인 데다가 산적한 상품과 무성한 숍 걸 때문에 길을 잃어버리기 쉽다.

특가품 격안품(格安品) 할인품 어느 것을 고를까. 그러나저러나 이 술어들은 자전에도 없다. 그러면 특가 격안 할인품보다도 더 싼 것은 없다. 과연 보석 등속 모피 등속에는 눅거리가 없으니 눅거리를 업수이 여기는 이 종류 고객의 심리를 이해하옵시는 중형(重形)들의 슬로건 실로 약여(躍如)하도다.

밤이 왔으니 관사(冠詞) 없는 그냥 '긴자'가 출현이다.

'코롬방'의 차, 기노쿠니야(紀伊國屋)의 책은 여기 사람들의 교양이다. 그러나 더 점잖게 '브라질'에 들러서 스트레이트를 한잔 마신다. 차를 나르는 색시들이 모두 똑같이 단풍무늬 옷을 입었기 때문에 내 눈에는 좀 성병(性病) 모형 같아서 안됐다. '브라질'에서는 석탄 대신 커피를 연료로 기차를 운전한다는데 나는 이렇게 진한 석탄을 암만 삼켜보아도 정열은 불붙어 오르지 않는다.

애드벌룬이 착륙한 뒤의 긴자 하늘에는 신의 사려에 의하여 별도 반짝이련만 이미 이 카인의 말예(末裔)들은 별을 잊어버린 지도 오래다. 노아의 홍수보다도 독가스를 더 무서워하라고 교육받은 여기 시민들은 솔직하게도 산보 귀가의 길을 지하철로 함께 하기도 한다. 이태백(李太白)이 놀던 달아! 너도 차라리 십구세기와 함께 운명하여 버렸었던들 작히나 좋았을까.

# 동생 옥희 보아라

—세상 오빠들도 보시오

팔월 초하룻날 밤차로 너와 네 연인은 떠나는 것처럼 나한테는 그래놓고 기실은 이튿날 아침차로 가 버렸다. 내가 아무리 이 사회에서 또 우리 가정에서 어른 노릇을 못하는 변변치 못한 인간이라기로서니 그래도 너희들보다야 어른이다.

'우리 둘이 떨어지기 어렵소이다.' 하고 내게 그야말로 '강담판(强談判)'을 했다면 낸들 또 어쩌랴. 암만 '못 한다'고 딱 거절했던 일이라도 어머니나 아버지 몰래 너희 둘 안동시켜서 쾌히 전송(餞送)할 내 딴은 이해도 아량도 있다. 그것을, 나까지 속이고 그랬다는 것을 네 장래의 행복 이외의 아무것도 생각할 줄 모르는 네 큰오빠 나로서 꽤 서운히 생각한다.

예정대로 K가 팔월 초하룻날 밤 북행차(北行車)로 떠난다고, 그것을 일러 주려 하룻날 아침에 너와 K 둘이서 나를 찾아왔다. 요 전날 너희 둘이 의논 차 내게 왔을 때 말한 바와 같이 K만 떠나고 옥희 너는 네 큰오빠 나와 함께 K를 전송하기로 한 것인데, 또 일의 순서상 일은 그렇게 하는 것이 옳지 않았더냐.

그것을 너는 어쩌면 그렇게 천연스러운 얼굴로,

"그럼 오빠, 이따가 정거장에 나오세요."

"암! 나가구말구, 이따 게서 만나자꾸나."

하고 헤어진 것이 그게 사실로 내가 너희들을 전송한 모양이 되었고 또 너희 둘로서 말하면 너희끼리는 미리 그렇게 짜고 그래도 내게 작별 모양이 되었다.

나는 고지식하게도 밤에 차 시간을 맞춰서 비 오는데 정거장까지 나갔겠다. 내가 속으로 미리미리 꺼림칙이 여겨 오기를,

'요것들이 필시 내 앞에서 뻔지르르하게 대답을 해 놓고 뒤꽁무니로는 딴 궁리들을 차렸지!'

했더니 아니나 다를까.

개찰도 아직 안 했는데 어째 너희 둘 모양이 아니 보이더라. '이것 필시(必是)!' 하면서도 그래도 끝까지 기다려보았으나 종시 너희 둘의 모양은 보이지 않고 말았다. 나는 그냥 입맛을 쩍쩍 다시고 집으로 돌아왔다.

와서는 그래도,

'아마 K의 양복 세탁이 어쩌니 어쩌니 하더니 그래저 래 차 시간을 못 대인 게지, 좌우간에 무슨 통지가 있으 렷다.'

하고 기다렸다.

못 갔으면 이튿날 아침에 반드시 내게 무슨 통지고 통 지가 있어야 할 터인데 역시 잠잠했다. 허허— 하고 나는 주춤주춤하다가 동경서 온 친구들과 그만 석양판부터 밤 새도록 술을 먹고 말았다.

물론 옥희 네 얼굴 대신에 한 통의 전보가 왔다. 옥희 함께 왔어도 근심 말라는 K의 '독백'이구나. 나는 전보를 받아 들고 차라리 회심의 미소를 금할 수 없을 만하였다. 너희들의 그런 이도(利刀)가 물을 베이는 듯한 용단을 쾌 히 여긴다.

옥희야! 내게만은 아무런 불안한 생각도 가지지 마라! 다만 청천벽력처럼 너를 잃어버리신 어머니 아버지께는 마음으로 잘못했습니다하고 사죄하여라.

나 역(亦) 집을 나가야겠다. 열두 해 전 중학을 나오던 열여섯 살 때부터 오늘까지 이 허망한 욕심은 변함이 없 다.

작은오빠는 어디로 또 갔는지 들어오지 않는다.

너는 국경을 넘어 지금은 이역(異域)의 인(人)이다.

우리 삼남매는 모조리 어버이 공경할 줄 모르는 불효자식들이다. 그러나 우리들은 이것을 그르다고 생각하지는 않는다.

갔다 와야 한다. 갔다 비록 못 돌아오는 한이 있더라도 가야 한다.

너는 네 자신을 위하여서도 또 네 애인을 위하여서도 옳은 일을 하였다. 열두 해를 두고 벼르나 남의 맏자식 된 은애(恩愛)의 정에 이끌려선지 내 위인(爲人)이 변변치 못해 그랬던지 지금껏 이 땅에 머물러 굴욕의 조석(朝夕)을 송영(送迎)하는 내가 지금 차라리 부끄럽기 짝이 없다.

너희들의 연애는 물론 내게만은 양해된 바 있었다. K가 그 인물에 비겨서 지금 불우(不遇)의 신상(身上)이라는 것도 나는 잘 알고 있다.

다행히 K는 밥 먹을 걱정은 안 해도 좋은 집안에 태어났다. 그렇다고 밥이나 먹고 지내면 그만이지 하는 인간은 아니더라.

K가 내게 말한 바 K의 이상(理想)이라는 것을 나는 비판하지 않는다. 그것도 인생의 한 방도리라. 다만 그것이 어디까지든지 굴욕에서 벗어나려는 일념인 것이니 그렇다는 이유만으로도 나는 인정해야 하리라.

나는 차라리 그가 나처럼 남의 맏자식임에도 불구하고 집을 사뭇 떠나겠다는 '술회'에 찬성했느니라.

허허벌판에 쓰러져 까마귀밥이 될지언정 이상에 살고 싶구나. 그래서 K의 말대로 삼 년, 가 있다 오라고 권하다시피 한 것이다.

삼 년— 삼 년이라는 세월은 상사(相思)의 두 사람으로서는 좀 긴 것 같이 생각이 들더라. 그래서 옥희 너는 어떻게 하고 가야 하나 하는 문제가 났을 때 나는—.

너희 두 사람의 교제도 1년이나 가까워 오니 그만하면 서로 충분히 서로를 알았으리라. 그놈이 재상(宰相) 재목이면 무엇하겠느냐, 네 눈에 안 들면 쓸 곳이 없느니라. 그러니 내가 어쭙잖게 주둥이를 디밀어 이러쿵저러쿵할 계제가 못 되는 일이지만—.

나는 나 유(流)로 그저 이러는 것이 어떻겠느냐는 정도로 또 그래도 네 혈족의 한 사람으로서 잠자코만 있을 수도 없고 해서—.

삼 년은 과연 너무 기니 위선 삼 년 작정하고 가서 한 일 년 있자면 웬만큼 생활의 터는 잡히리라. 그렇거든 돌아와서 간단히 결혼식을 하고 데려가는 것이 어떠냐. 지금 이대로 결혼식을 해도 좋기는 좋지만 그것은 어째 결혼식을 위한 결혼식 같아서 안됐다. 결혼식 같은 것은 나야 그야 우습게 알았다. 하지만 어머니 아버지도 계시고 사람들의 눈도 있고 하니 그저 그까짓 일로 해서 남의 조소를 받을 것도 없는 일이요—.

이만큼 하고 나서 나는 K와 너에게 번갈아 또 의사를 물었다.

K는 내 말대로 그러만다. 내년 봄에는 꼭 돌아와서 남 보기 흉하지 않을 정도로 결혼식을 한 다음 데려가겠다는 것이다. 그러나 네 말은 이와 다르다. 즉 결혼식 같은 것은 언제 해도 좋으니 같이 나서겠다는 것이다. 살아도 같이 살고 죽어도 같이 죽고 해야지 타역(他域)에 가서 어떻게 되는지도 모르는 것을 그냥 입을 딱 벌리고 돌아와서 데려가기만 기다릴 수 없단다. 그러고 또 남자의 마음 믿기도 어렵고— 우물 안 개구리처럼 자라난 제가 고생 한번 해보는 것도 좋지 않으냐는 네 결의였다.

아직은 이 사회 기구(社會機構)가 남자 표준이다. 즐거울 때 같이 즐기기에 여자는 좋다. 그러나 고생살이에 여자는 자칫하면 남자를 결박하는 포승 노릇을 하기 쉬우니라. 그래서 어느 만큼 자리가 잡히도록은 K 혼자 내어 버려 두라고 재삼 내가 다시 충고하였더니 너도 OK의 빛을 보이고 할 수 없이 승낙하였다. 그리고 나는 너 보는 데서 K에게 굳게굳게 여러 가지로 다짐을 받아두었건만—.

이제 와서 알았다. 너희 두 사람의 애정에 내 충고가 낑기울 백지 두께의 틈바구니도 없었다는 것을 말이다. 또한 내 마음이 든든하지 않으랴.

삼 남매의 막내둥이로 내가 너무 조숙(早熟)인 데 비해서 너는 응석으로 자라느라고 말하자면 '만숙(晚熟)'이었다. 학교 시대에 인천이나 개성을 선생님께 이끌려가 본 이외에 너는 집 밖으로 십 리를 모른다. 그런 네가 지금 국경을 넘어서 가 있구나 생각하면 정신이 번쩍 난다.

어린애로만 생각하던 네가 어느 틈에 그런 엄청난 어른이 되었누.

부모들도 제 따님들을 옛날 당신네들이 자라나던 시절 따님 대접하듯 했다가는 엉뚱하게 혼이 나실 시대가 왔다. 오빠들이 어림없이 동생을 허명무실(虛名無實)하게 '취급'했다가는 코 떼일 시대다. 나는 그렇게 느꼈다.

나는 망치로 골통을 얻어맞은 것처럼 어쩔어쩔한 가운데서도 네가 집을 나가지 않으면 안 된 이유를 생각해 본다.

첫째, 너는 네 애인의 전부를 독점해야 하겠다는 생각이겠으니 이것이야 인력으로 좌우되는 일도 아니겠고 어쩔 수도 없는 일이다.

둘째, 부모님이 너희들의 연애를 쾌히 인정하려 들지 않은 까닭이다. 제 자식들의 연애가 정당했을 때 부모는 그 연애를 인정해 주어야 할 뿐만 아니라 나아가서는 그 연애를 좋게 지도할 의무가 있을 터인데—. 불행히 우리 어머니 아버지는 늙으셔서 그러실 줄을 모르신다. 네게는 이런 부모를 설복할 심경의 여유가 없었다. 그냥 행동으로 보여 주는 밖에는 없었다.

셋째, 너는 확실치 못하나마 생활이라는 인식을 가졌다. '여자에게도 직업이 있어서 경제적으로 언제든지 독립해 보일 실력이 있어야만 한다.'는 것이 부모님 마음에는 안 드는 점이었다. '돈 버는 것도 좋지만 기집애 몸 망치기 쉬우니라.'는 것은 부모님들의 말씀이시다.

너 혼자 힘으로 암만해도 여기서 취직이 안 되니까 경도(京都) 가서 여공 노릇을 하면서 사는 네 동무에게 편지를 하여 그리 가서 같이 여공이 되려고까지 한 일이 있지. 그냥 살자니 우리 집은 네 양말 한 켤레를 마음대로 사 줄 수 없을 만치 가난하다. 이것은 네 큰오빠 내가 네게 다시없이 부끄러운 일이다만—. 그러나 네가 한 번도 나를 원망한 일은 없는 것을 나는 고맙게 안다.

그런 너다. K의 포승이 되기는커녕 족히 너도 너대로 활동하면서 K를 도우리라고 나는 믿는다.

기왕 나갔다. 나갔으니 집의 일에 연연하지 말고 너희들이 부끄럽지 않은 성공을 향하여 전심(專心)을 써라. 삼 년 아니라 십 년이라도 좋다. 패잔한 꼴이거든 그 벌판에서 개밥이 되더라도 다시 고토(故土)를 밟을 생각을 마라.

나도 한 번은 나가야겠다. 이 흙을 굳게 지켜야 할 것도 잘 안다. 그러나 지켜야 할 직책과 나가야 할 직책과는 스스로 다를 줄 안다. 네가 나갔고 작은오빠가 나가고 또 내가 나가버린다면 늙으신 부모는 누가 지키느냐고? 염려 마라. 그것은 맏자식 된 내 일이니 내가 어떻게라도 하마. 해서 안 되면—. 혁혁한 장래를 위하여 불행한 과거가 희생되었달 뿐이겠다.

너희들이 국경을 넘던 밤에 나는 주석(酒席)에서 '올림픽' 보도를 듣고 있었다. 우리들은 이대로 썩어서는 안 된다. 당당히 이들과 열(列)하여 똑똑하게 살아야 하지 않겠느냐. 정신 차려라!

신당리(新堂里) 버티고개 밑 오동나무 골 빈민굴에는 송장이 다 되신 할머님과 자유로 기동도 못 하시는 아버지와 오십 평생을 고생으로 늙어 쭈그러진 어머니가 계시다. 네 전보를 보시고 이분들이 우시었다. 너는 날이면 날마다 그 먼 길을 문안으로 내게 왔다. 와서 그날의 양식(糧食)거리를 타 갔다. 이제 누가 다니겠니.

어머니는 "내가 말(馬)을 잃어버렸구나. 이거 허전해서
어디 살겠니." 하시더라. 그날부터는 내가 다 떨어진 구
두를 찍찍 끌고 말 노릇을 하는 중이다.

이런 것 저런 것을 비판 못하시는 부모는 그저 별안간
네가 없어졌대서 눈물이 비 오듯 하시더라. 그것을 내가
"아 왜들 이리 야단이십니까. 아 죽어 나갔단 말입니까."
이렇게 큰소리를 해 가면서 무마시켜 드리기는 했으나
나 역 한 삼 년 너를 못 보겠구나 생각을 하니 갑자기 네
가 그리웠다. 형제의 우애는 떨어져봐야 아는 것이던가.

한 삼 년 나도 공부하마. 그래서 이 '노말'하지 못한 생
활의 굴욕에서 탈출해야겠다. 그때 서로 활발한 낯으로
만나자꾸나.

너도 아무쪼록 성공해서 하루라도 속히 고향으로 돌
아오너라.

그야 너는 여자니까 아무 때 나가도 우리 집안에서 나
가기는 해야 할 사람이지만 일이 너무 그렇게 급하게 되
어 놓아서 어머니 아버지께서 놀라셨다 뿐이지, 나야 어
떻겠니.

하여간 이번 너의 일 때문에 내가 깨달은 바 많다. 나
도 정신 차리마.

원래가 포유지질(蒲柳之質)로 대륙의 혹독한 기후에 족히 견뎌낼는지 근심스럽구나. 특히 몸조심을 잊어서는 안 된다. 우리 같은 가난한 계급은 이 몸뚱이 하나가 유일 최후의 자산이니라.

편지하여라.

이해 없는 세상에서 나만은 언제라도 네 편인 것을 잊지 마라. 세상은 넓다. 너를 놀라게 할 일도 많겠거니와 또 배울 것도 많으리라.

이 글이 실리거든 『중앙』 한 권 사 보내 주마. K와 같이 읽고 이 큰오빠 이야기를 더 잘하여 두어라.

축복한다.

내가 화가를 꿈꾸던 시절 하루 오 전 받고 '모델' 노릇하여 준 옥희, 방탕불효(放蕩不孝)한 이 큰오빠의 단 하나 이해자(理解者)인 옥희, 이제는 어느덧 어른이 되어서 그 애인과 함께 만리 이역 사람이 된 옥희, 네 장래를 축복한다.

이틀이나 걸렸다. 쓴 이 글이 두서를 잡기가 어려울 줄 아나 세상의 너 같은 동생을 가진 여러 오빠들에게도 이 글을 읽히고 싶은 마음에 감히 발표한다. 내 충정(衷情)만을 사다오.

닷새 날 아침

너를 사랑하는 큰오빠 쓴다.

# 권태

1

어서, 차라리 어두워버리기나 했으면 좋겠는데—벽촌의 여름날은 지리해서 죽겠을 만치 길다.

동에 팔봉산. 곡선은 왜 저리도 굴곡이 없이 단조로운고?

서를 보아도 벌판, 남을 보아도 벌판, 북을 보아도 벌판, 아—이 벌판은 어쩌라고 이렇게 한이 없이 늘어 놓였을꼬? 어쩌자고 저렇게까지 똑같이 초록색 하나로 돼 먹었노?

농가가 가운데 길 하나를 두고 좌우로 한 십여 호씩 있다. 휘청거린 소나무 기둥, 흙을 주물러 바른 벽, 강낭대로 둘러싼 울타리, 울타리를 덮은 호박넝쿨, 모두가 그게 그것같이 똑같다.

어제 보던 대싸리나무, 오늘도 보는 김서방, 내일도 보아야 할 흰둥이, 검둥이.

해는 백 도 가까운 볕을 지붕에도, 벌판에도, 뽕나무에
도 암탉 꼬랑지에도 내려쪼인다. 아침이나 저녁이나 뜨
거워서 견딜 수가 없는 염서(炎署) 계속이다.

나는 아침을 먹었다. 그러나 무작정 널따란 백지 같은
〈오늘〉이라는 것이 내 앞에 펼쳐져 있으면서, 무슨 기사
라도 좋으니 강요한다. 나는 무엇이고 하지 않으면 안 된
다. 무엇을 해야 할 것인가 연구해야 된다. 그럼—나는
최서방네 집 사랑 툇마루로 장기나 두러 갈까? 그것 좋
다.

최서방은 들에 나갔다. 최서방네 사랑에는 아무도 없
나보다. 최서방네 조카가 낮잠을 잔다. 아하 내가 아침을
먹은 것은 열 시 지난 후니까, 최서방의 조카로서는 낮잠
잘 시간에 틀림없다.

나는 최서방의 조카를 깨워 가지고 장기를 한판 벌이
기로 한다. 최서방의 조카와 열 번 두면 열 번 내가 이긴
다. 최서방의 조카로서는, 그러니까 나와 장기 둔다는 것
그것부터가 권태다. 밤낮 두어야 마찬가질 바에는 안 두
는 것이 차라리 낫지—그러나, 안 두면 또 무엇을 하나?
둘 밖에 없다.

지는 것도 권태여늘 이기는 것이 어찌 권태 아닐 수

있으랴? 열 번 두어서 열 번 내리 이기는 장난이란 열 번 지는 이상으로 싱거운 장난이다. 나는 참 싱거워서 견딜 수 없다.

한번쯤 져 주리라. 나는 한참 생각하는 체하다가 슬그머니 위험한 자리에 장기 조각을 갖다 놓는다. 서방의 조카는 하품을 쓱 하더니, 이윽고 둔다는 것이 딴전이다. 으레히 질 것이니까, 골치 아프게 수를 보고 어쩌고 하기도 싫다는 사상이리라. 아무렇게나 생각나는 대로 장기를 갖다 놓고, 그저 얼른얼른 끝을 내어 져 줄 만큼 져 주면 이 상승장군은 이 압도적 권태를 이기지 못해 제 출물에 가버리겠지 하는 사상이리라. 가고나면 또 낮잠이나 잘 작정이리라.

나는 부득이 또 이긴다. 인제 그만 두잔다. 물론, 그만 두는 수밖에 없다.

일부러 져 준다는 것조차가 어려운 일이다. 나는 왜 저 최서방의 조카처럼 아주 영영 방심 상태가 되어 버릴 수가 없나? 이 질식할 것 같은 권태 속에서도 사세(些細)한 승부에 구속을 받나? 아주 바보가 되는 수는 없나?

내게 남아 있는 이 치사스러운 인간 이욕(利慾)이 다시 없이 밉다. 나는 이 마지막 것을 면해야 한다. 권태를 인식하는 신경마저 버리고, 완전히 허탈해 버려야 한다.

2

나는 개울가로 간다. 가물로 하여 너무 빈약한 물이 소리 없이 흐른다. 뼈처럼 앙상한 물줄기가 왜 소리를 치지 않나?

너무 덥다. 나뭇잎들이 다 축 늘어져서 허더허덕하도록 덥다. 이렇게 더우니 시냇물인들 서늘한 소리를 내어보는 재간도 없으리라.

나는 그 물가에 앉는다. 앉아서, 자——무슨 제목으로 나는 사색해야 할 것인가 생각해 본다. 그러나, 물론 아무런 제목도 떠오르지 않는다.

그렇다면 아무것도 생각 말기로 하자. 그저 한량없이 넓은 초록색 벌판, 지평선, 아무리 변화하여 보았댔자 결국 치열한 곡예의 역(域)에서 벗어나지 않는 구름, 이런 것을 건너다본다.

지구 표면적의 백분의 구십구가 이 공포의 초록색이리라. 그렇다면, 지구야말로 너무나 단조 무미한 채색이다. 도회에는 초록이 드물다. 나는 처음 여기 표착(漂着)하였을 때, 이 신선한 초록빛에 놀랐고 사랑하였다. 그러나 닷새가 못 되어서 이 일망무제(一望無際)의 초록색은 조물주의 몰취미와 신경의 조잡성으로 말미암은 무미건

조한 지구의 여백인 것을 발견하고, 다시금 놀라지 않을
수 없었다.

어쩔 작정으로 저렇게 퍼러냐? 하루 온종일 저 푸른빛
은 아무것도 하지 않는다. 오직 그 푸른 것에 백치와 같
이 만족하면서 푸른 채로 있다.

이윽고 밤이 오면, 또 거대한 구렁이처럼 빛을 잃어버
리고 소리도 없이 잔다. 이 무슨 거대한 겸손이냐.

이윽고 겨울이 오면 초록은 실색(失色)한다. 그러나 그
것은 남루를 갈기갈기 찢는 것과 다름없는 추악한 색채
로 변하는 것이다. 한겨울을 두고 이 황막(荒漠)하고 추
악한 벌판을 바라보고 지내면서, 그래도 자살 민절(悶絶)
하지 않는 농민들은 불쌍하기도 하려니와 거대한 천치
다.

그들의 일생이 또한 이 벌판처럼 단조한 권태 일색으
로 도포된 것이리라. 일할 때는 초록 벌판처럼 더워서 숨
이 칵칵 막히게 싱거울 것이요, 일하지 않을 때에는 겨우
황원(荒原)처럼 거칠고 구지레하게 싱거울 것이다.

그들에게는 흥분이 없다. 벌판에 벼락이 떨어져도, 그
것은 뇌성(雷聲) 끝에 가끔 있는 다반사에 지나지 않는
다. 촌동(村童)이 범에게 물려가도, 그것은 맹수가 사는
산촌에 가끔 있는 신벌(神罰)에 지나지 않는다. 실로 전

IOI

선주 하나 없는 벌판에서 그들이 무엇을 대상으로 흥분할 수 있으랴.

팔봉산 등을 넘어 철골 전선주가 늘어섰다. 그러나 그 동선은 이 촌락에 엽서 한 장을 내려뜨리지 않고 섰는 채다. 동선으로는 전류도 통하리라. 그러나 그들의 방이 아직도 송명(松明)으로 어둠침침한 이상, 그 전선주들은 이 마을 동구에 늘어선 포플라나무와 조금도 다름이 없다.

그들에게 희망이 있던가 가을에 곡식이 익으리라? 그러나 그것은 희망은 아니다. 본능이다.

내일. 내일도 오늘 하던 계속의 일을 해야지. 이 끝없는 권태의 내일은 왜 이렇게 끝없이 있나? 그러나, 그들은 그런 것을 생각할 줄 모른다. 간혹, 그런 의혹이 전광과 같이 그들의 흉리(胸裏)를 스치는 일이 있어도, 다음 순간 하루의 노역(奴役)으로 말미암아 잠이 오고 만다. 그러니 농민은 참 불행하도다. 그럼 이 흉악한 권태를 자각할 줄 아는 나는 얼마나 행복된가.


3


댑싸리나무도 축 늘어졌다. 물은 흐르면서 가끔 웅덩

이를 만나면 썩는다.

내가 앉아 있는 데는 그런 웅덩이가 있다. 내 앞에서 물은 조용히 썩는다.

낮닭 우는 소리가 무던히 한가롭다. 어제도 울던 낮닭이 오늘도 또 울었다는 외에 아무 흥미도 없다. 들어도 그만, 안 들어도 그만이다. 다만, 우연히 귀에 들어왔으니까 그저 들었을 뿐이다.

닭은 그래도 새벽, 낮으로 울기나 한다. 그러나 이 동리의 개들은 짖지를 않는다. 그러면 모두 벙어리 개들인가, 아니다. 그 증거로는 이 동리 사람 아닌 내가 돌팔매질을 하면서 위협하면 십 리나 달아나면서 나를 돌아다보고 짖는다.

그렇건만, 내가 아무 그런 위험한 짓을 하지 않고 지나가면, 천리나 먼 데서 온 외인, 더구나 안면이 이처럼 창백하고 봉발(蓬髮)이 작소(鵲巢)를 이룬 기이한 풍모를 쳐다보면서도 짖지 않는다. 참 이상하다. 어째서 여기 개들은 나를 보고 짖지를 않을까? 세상에서 희귀한 겸손한 겁쟁이 개들도 다 많다.

이 겁쟁이 개들은 이런 나를 보고도 짖지를 않으니, 그럼 대체 무엇을 보아야 짖으랴?

그들은 짖을 일이 없다. 여인(旅人)은 이곳에 오지 않는다. 오지 않을 뿐만 아니라, 국도 연변에 있지 않는 이 촌락을 그들은 지나갈 일도 없다. 가끔 이웃마을의 김서방이 온다. 그러나 그는 여기 최서방과 똑같은 복장과 피부색과 사투리를 가졌으니, 개들이 짖어 무엇하랴. 이 빈촌에는 도적이 없다. 인정 있는 도적이면 여기 너무나 빈한한 시악시들을 위하여, 훔친 비녀나 반지를 가만히 놓고 가지 않으면 안 되리라. 도적에게는 이 마을은 도적의 도심을 도적맞기 쉬운 위험한 지대이리라.

그러니 실로 개들이 무엇을 보고 짖으랴. 개들은 너무나 오랫 동안—아마 그 출생 당시부터—짖는 버릇을 포기한 채 지내왔다. 몇 대를 두고 짖지 않은 이곳 견족들은 드디어 짖는다는 본능을 상실하고 만 것이리라. 인제는 돌이나 나무토막으로 얻어맞아서 견딜 수 없을 만큼 아파야 겨우 짖는다. 그러나 그와 같은 본능은 인간에게도 있으니, 특히 개의 특징으로 쳐 들 것은 못되리라.

개들은 대개 제가 길러오고 있는 집 문간에 가 앉아서 밤이면 밤잠, 낮이면 낮잠을 잔다. 왜? 그들은 수비할 아무 대상도 없으니까다.

최서방네집 개가 이리로 온다. 그것을 김서방네집 개가 발견하고, 일어나서 영접한다. 그러나 영접해 본댔자 할 일이 없다. 양구(良久)에 그들은 헤어진다.

설레설레 길을 걸어본다. 밤낮 다니던 길, 그 길에는 아무것도 떨어진 것이 없다. 촌민들은 한여름 보리와 조를 먹는다. 반찬은 날된장, 풋고추다. 그러니, 그들의 부엌에조차 남는 것이 없겠거늘, 하물며 길가에 무엇이 족히 떨어져 있을 수 있으랴.

길을 걸어본댔자 소득이 없다. 낮잠이나 자자. 그리하여, 개들은 천부의 수위술을 망각하고 낮잠에 탐닉하여 버리지 않을 수 없을 만큼 타락하고 말았다.

슬픈 일이다. 짖을 줄 모르는 벙어리 개, 지킬 줄 모르는 게으름뱅이 개, 이 바보 개들은 복날 개장국을 끓여 먹기 위하여 촌민의 희생이 된다. 그러나 불쌍한 개들은 음력도 모르니, 복날은 몇 날이나 남았나 전연 알 길이 없다.


4


이 마을에는 신문도 오지 않는다. 소위 승합자동차라는 것도 통과하지 않으니, 도회의 소식을 무슨 방법으로 알랴?

오관이 모조리 박탈된 것이나 다름없다. 답답한 하늘,

답답한 지평선, 답답한 풍경, 답답한 풍속 가운데서 나는 이리 디굴 저리 디굴 굴고 싶을 만치 답답해하고 지내야만 된다.

아무것도 생각할 수 없는 상태 이상으로 괴로운 상태가 또 있을까? 인간은 병석에서도 생각한다. 아니, 병석에서는 더욱 많이 생각하는 법이다. 끝없는 권태가 사람을 엄습하였을 때, 그의 도공은 내부를 향하여 열리리라. 그리하여, 망상할 때보다도 몇 배나 더 자신의 내면을 성찰할 수 있을 것이다.

현대인의 특질이요, 질환인 자의식(自意識) 과잉은 이런 권태치 않을 수 없는 권태 계급의 철저한 권태로 말미암음이다. 육체적 한산, 정신적 권태, 이것을 면할 수 없는 계급이 자의식 과잉의 절정을 표시한다.

그러나 지금 이 개울가에 앉은 나에게는 자의식 과잉조차가 폐쇄되었다.

이렇게 한산한데, 이렇게 극도의 권태가 있는데, 동공은 내부를 향하여 열리기를 주저한다.

아무것도 생각하기 싫다. 어제까지도 죽는 것을 생각하는 것 하나만은 즐거웠다. 그러나 오늘은 그것조차가 귀찮다. 그러면, 아무것도 생각하지 말고 눈 뜬 채 졸기로 하자.

더위 죽겠는데 목욕이나 할까? 그러나 웅덩이 물은 썩었다. 썩지 않은 물을 찾아가는 것은 귀찮은 일이고—

썩지 않은 물이 여기 있다기로서니, 나는 목욕하지 않았으리라. 옷을 벗기가 귀찮다. 아니! 그보다도 그 창백하고 앙상한 수구(瘦軀)를 백일 아래 널어 말리는 파렴치를 나는 견디기 어렵다.

땀이 옷에 배이면? 배인 채 두자.

그렇다 하더라도, 이 더위는 무슨 더위냐? 나는 내가 있는 집으로 돌아와서 세수를 하기로 한다. 나는 일어나서 오던 길을 돌치는 도중에서 교미하는 개 한 쌍을 만났다. 그러나 인공의 기교가 없는 축류(畜類)의 교미는 풍경이 권태 그것인 것같이 권태 그것이다. 동리 동해(童孩)들에게도 젊은 촌부(村婦)들에게도 흥미의 대상이 못되는 이 개들의 교미는, 또한 내게 있어서도 흥미의 대상이 되지 않는다.

함석대야는 그 본연의 빛을 일찍이 잃어버리고, 그들의 피부색과 같이 붉고 검다. 아마 이집 부인 아주머니가 시집올 때 가지고 온 것이리라.

세수를 해본다. 물조차가 미지근하다. 물조차가 이 무지한 더위에는 견딜 수 없었나 보다. 그러나 세수의 관례대로 세수를 마친다.

그리고 호박 넝쿨이 축 늘어진 울타리 밑 호박 넝쿨의 뿌리 돋친 데를 찾아서 그 물을 준다. 너라도 좀 생기를 내라고.

땀내 나는 수건으로 얼굴을 훔치고 툇마루에 걸터앉았다니까, 내가 세수할 때 내 곁에 늘어섰던 주인집 아이들 넷이 제각기 나를 본받아 그 대야를 사용하여 세수를 한다.

저 애들도 더워서 저러는구나, 하였더니 그렇지 않다. 그 애들도 나처럼 일거수일투족을 어찌하였으면 좋을까 당황해 하고 있는 권태들이었다. 다만 내가 세수하는 것을 보고, 그럼 우리도 저 사람처럼 세수나 해 볼까 하고, 따라서 세수를 해보았다는 데 지나지 않는다.


5


원숭이가 사람의 흉내를 내는 것이 내 눈에는 참 밉다. 어쩌자고 여기 아이들이 내 흉내를 내는 것일까? 귀여운 촌동(村童)들을 원숭이로 만들어서는 안 된다.

나는 다시 개울가로 가 본다. 썩은 물, 늘어진 대싸리 외에 아무것도 없다. 그런 나는 거기 앉아서 이번에는 그

썩는 중의 웅덩이 속을 들여다본다.

순간, 나는 진기한 현상을 목도한다. 무수한 오점이 방향을 정돈해 가면서 움직이고 있는 것이다. 이것은 생물임에 틀림없다. 송사리 떼임에 틀림없다.

이 부패한 소택 속에 이런 앙징스러운 어족이 서식하리라고는, 나는 참 꿈에도 생각하지 못했다.

요리 몰리고 조리 몰리고, 역시 먹을 것을 찾음이리라. 무엇을 먹고 사누. 벌레를 먹겠지. 그러나 송사리보다도 더 작은 벌레라는 것이 있을까?

잠시를 가만있지 않는다. 저물도록 움직인다. 대략 같은 동기와 같은 모양으로들 그러는 것 같다. 동기! 역시 송사리의 세계에도 시급한 목적이 있는 모양이다.

차츰차츰 하류를 향하여 군중적으로 이동한다. 저렇게 하류로 하류로만 가다가 또 어쩔 작정인가? 아니 그들은 중로(中路)에서 또 상류를 향하여 거슬러 올라올는지도 모른다. 그러나 당장 하류로 향하여 가고 있는 것이 확실하다. 하류로, 하류로!

오 분 후에는 그들의 모양이 보이지 않을 만치 그들은 멀리 하류로 내려갔다. 그리고 웅덩이는 아까 같이 도로 썩은 물의 웅덩이로 조용해지고 말았다.

나는 그 자리에서 일어나서 풀밭으로 가보기로 한다.

풀밭에는 암소 한 마리 있다.

그 웅덩이 속에 고런 맹랑한 현상이 잠복해 있을 수 있다니—하고 나는 적잖이 흥분했다. 그러나 그 현상도 소낙비처럼 지나가고 말았으니, 잊어버리고 그만두는 수밖에.

소의 뿔은 벌써 소의 무기는 아니다. 소의 뿔은 오직 안경의 재료일 따름이다. 소는 사람에게 얻어맞기로 위주니까, 소에게는 무기가 필요 없다. 소의 뿔은 오직 동물학자를 위한 표식이다. 야우(野牛)시대에는 이것으로 적을 돌격한 일도 있습니다—하는, 마치 폐병의 가슴에 달린 훈장처럼 그 추억성이 애상적이다.

암소의 뿔은 수소의 그것보다도 더한층 겸허하다. 이 애상적인 뿔이 나를 받을 리 없으니, 나는 마음 놓고 그 곁 풀밭에 가 누워도 좋다. 나는 누워서 위선 소를 본다.

소는 잠시 반추를 그치고, 나를 응시한다.

'이 사람의 얼굴이 왜 이리 창백하냐? 아마 병인인가 보다. 내 생면에 위해를 가하려는 거나 아닌지, 나는 조심해야 되지.'

이렇게 소는 속으로 나를 심리하였으리라. 그러나 5분 후에는 소는 다시 반추를 계속하였다. 소보다도 내가 마음을 놓는다.

소는 식욕의 즐거움조차를 냉대할 수 있는 지상 최대의 권태자다. 얼마나 권태에 지질렀길래 이미 위에 들어간 식물을 다시 게워, 그 시금털털한 반소화물의 미각을 역설적으로 향락하는 체해 보임이리요?

소의 체구가 크면 클수록 그의 권태도 크고 슬프다. 나는 소 앞에 누워 내 세균같이 사소한 고독을 겸손하면서, 나도 사색의 반추는 가능할는지 불가능할는지 몰래 좀 생각해 본다.


6


길 복판에서 육칠 인의 아이들이 놀고 있다. 적발동부(赤髮銅膚)의 반라군(半裸群)이다. 그들의 혼탁한 안색, 흘린 콧물, 두른 배두렁이, 벗은 웃통만을 가지고는 그들의 성별조차 거의 분간할 수 없다.

그러나 그들은 여아가 아니면 남아요, 남아가 아니면 여아인, 결국에는 귀여운 오륙 세 내지 칠팔 세의 '아이들'임에는 틀림없다. 이 아이들이 여기 길 한복판을 선택하여 유희하고 있다.

돌멩이를 주워 온다. 여기는 사금파리도 벽돌 조각도

없다. 이 빠진 그릇을 여기 사람들은 버리지 않는다.

그러고는 풀을 뜯어 온다. 풀─이처럼 평범한 것이 또 있을까? 그들에게 있어서는 초록빛의 물건이란 어떤 것이고 간에 다시없이 심심한 것이다. 그러나 하는 수 없다. 곡식을 뜯는 것도 금제니까 풀밖에 없다.

돌멩이로 풀을 짓찧는다. 푸르스레한 물이 돌에가 염색된다. 그러면 그 돌과 그 풀은 팽개치고, 또 다른 풀과 돌멩이를 가져다가 똑같은 짓을 반복하다. 한 십 분 동안이나 아무 말이 없이 잠자코 이렇게 놀아본다.

십 분 만이면 권태가 온다. 풀도 싱겁고, 돌도 싱겁다. 그러면 그 외에 무엇이 있나? 없다.

그들이 일제히 일어선다. 질서도 없고, 충도의 재료도 없다. 다만 그저 앉았기 싫으니까 이번에는 일어서 보았을 뿐이다.

일어서서 두 팔을 높이 하늘을 향하여 쳐든다. 그리고 비명에 가까운 소리를 질러 본다. 그러더니 그냥 그 자리에서들 겅중겅중 뛴다. 그러면서 그 비명을 겸한다.

나는 이 광경을 보고 그만 눈물이 났다. 여북하면 저렇게 놀까? 이들은 놀 줄조차 모른다. 어버이들은 너무 가난해서, 이들 귀여운 애기들에게 장난감을 사다 줄 수가 없었던 것이다.

이 하늘을 향하여 두 팔을 뻗치고, 그리고 소리를 지르면서 뛰는 그들의 유희가 내 눈에는 암만해도 유희같이 생각되지 않는다. 하늘은 왜 저렇게 어제도 오늘도 내일도 푸르냐, 산은, 벌판은 왜 저렇게도 어제도 오늘도 내일도 푸르냐는 조물주에게 대한 저주의 비명이 아니고 무엇이랴.

아이들은 짖을 줄조차 모르는 개들과 놀 수는 없다. 그렇다고 모이 찾느라고 눈이 벌건 닭들과 놀 수도 없다. 아버지도 어머니도 너무나 바쁘다. 언니 오빠조차 바쁘다. 역시 아이들은 아이들끼리 노는 수밖에 없다. 그런데 대체 무엇을 가지고 어떻게 놀아야 하나? 그들에게는 영영 엄두가 나서지를 않는 것이다. 그들은 이렇듯 불행하다.

그 짓도 오 분이다. 더 이상 더 길게 이 짓을 하자면, 그들은 피로할 것이다. 순진한 그들이 무슨 까닭에 피로해야 되나? 그들은 위선(爲先) 싱거워서 그 짓을 그만둔다.

그들은 도로 나란히 앉는다. 앉아서 소리가 없다. 무엇을 하나 무슨 종류의 유희인지, 유희는 유희인 모양인데 —이 권태의 왜소 인간들은, 또 무슨 기상천외의 유희를 발명했나.

오 분 후에 그들은 비키면서 하나씩 둘씩 일어선다. 제 각각 대변을 한 무더기씩 누어 놓았다. 아— 이것도 역시 그들의 유희였다. 속수무책의 그들 최후의 창작 유희였 다. 그런 그중 한 아이가 영 일어나지를 않는다. 그는 대 변이 나오지 않는다. 그럼 그는 이번 유희의 못난 낙오자 임에 틀림없다. 분명히 다른 아이들 눈에 조소의 빛이 보 인다. 아— 조물주여, 이들을 위하여 풍경과 완구를 주소 서.


7


날이 어두웠다. 해저(海底)와 같은 밤이 오는 것이다. 나는 자못 이상하다.

가만히 생각해 보면, 나는 배가 고픈 모양이다. 이것이 정말이라면, 그럼 나는 어째서 배가 고픈가? 무엇을 했다 고 배가 고픈가?

자기 부패작용이나 하고 있는 웅덩이 속을 실로 송사 리 떼가 쏘다니고 있더라. 그럼 내 장부 속으로도 나로서 자각할 수 없는 송사리 떼가 준동하고 있나보다. 아무렇 든 나는 밥을 아니 먹을 수는 없다.

밥상에는 마늘장아찌와 날된장과 풋고추조림이 관성의 법칙처럼 놓여 있다. 그러나 먹을 때마다 이 음식이 내 입에, 내 혀에 다르다. 그러나 나는 그 까닭을 설명할 수 없다.

마당에서 밥을 먹으면, 머리 위에서 그 무수한 별들이 야단이다. 저것은 또 어쩌라는 것인가? 내게는 별이 천문학의 대상이 될 수 없다. 그렇다고 시상(詩想)의 대상도 아니다. 그것은 다만 향기도 촉감도 없는 절대 권태의 도달할 수 없는 영원한 피안(彼岸)이다. 별조차가 이렇게 싱겁다.

저녁을 마치고 밖으로 나와 보면, 집집에서는 모깃불의 연기가 한창이다.

그들은 마당에서 명석을 펴고 잔다. 별을 쳐다보면서 잔다. 그러나 그들은 별을 보지 않는다. 그 증거로는 그들은 명석에 눕자마자 눈을 감는다. 그리고는 눈을 감자마자 쿨쿨 잠이 든다. 별은 그들과 관계없다.

나는 소화를 촉진시키느라고 길을 왔다 갔다 한다. 돌칠 적마다 명석 위에 누운 사람의 수가 늘어간다.

이것이 시체와 무엇이 다를까? 먹고 잘 줄 아는 시체 ― 나는 이런 실례로운 생각을 정지해야만 되겠다. 그리고 나도 가서 자야겠다.

방에 돌아와 나는 나를 살펴본다. 모든 것에서 절연된 지금의 내 생활— 자살의 단서조차를 찾을 길이 없는 지금의 내 생활은 과연 권태의 극 그것이다.

그렇건만 내일이라는 것이 있다. 다시는 날이 새이지 않는 것 같기도 한 밤 저쪽에, 또 내일이라는 놈이 한 개 버티고 서 있다. 마치 흉맹한 형리처럼—

나는 그 형리를 피할 수 없다. 오늘이 되어 버린 내일 속에서, 또 나는 질식할 만치 심심해해야 되고, 기막힐 만치 답답해해야 된다.

그럼 오늘 하루를 나는 어떻게 지냈던가? 이런 것은 생각할 필요가 없으리라. 그냥 자자! 자다가 불행히—아니 다행히 또 깨거든 최서방의 조카와 장기나 또 한 판 두지. 웅덩이에 가서 송사리를 볼 수도 있고—몇 가지 안 남은 기억을 소처럼—반추하면서 끝없는 나태를 즐기는 방법도 있지 않으냐.

불나비가 달려들어 불을 끈다. 불나비는 죽었든지 화상을 입었으리라. 그러나 불나비라는 놈은 사는 방법을 아는 놈이다. 불을 보면 뛰어들 줄도 알고— 평상에 불을 초조히 찾아다닐 줄도 아는 정열의 생물이니 말이다.

그러나 여기 어디 불을 찾으려는 정열이 있으며, 뛰어들 불이 있느냐? 없다. 나에게는 아무것도 없고, 아무것도 없는 내 눈에는 아무것도 보이지 않는다.

　암흑은 암흑인 이상, 이 방 좁은 것이나 우주에 꼭 찬 것이나 분량상 차이가 없으리라. 나는 이 대소 없는 암흑 가운데 누워서 숨 쉴 것도 어루만질 것도 또 욕심나는 것도, 아무것도 없다. 다만 어디까지 가야 끝이 날지 모르는 내일, 그것이 또 창 밖에 등대하고 있는 것을 느끼면서 오들오들 떨고 있을 뿐이다.


　12월 19일 미명, 동경서

# 약수

바른대로 말이지 나는 약수(藥水)보다도 약주(藥酒)를 좋아하는 편입니다.

술 때문에 집을 망치고 몸을 망치고 해도 술 먹는 사람이면 후회하는 법이 없지만 병이 나으라고 약물을 먹었는데 낫지 않고 죽었다면 사람은 이 트집 저 트집 잡으려 듭니다.

우리 백부께서 몇 해 전에 뇌일혈로 작고하셨는데 평소에 퍽 건강하셔서 피를 어쨌든지 내 짐작으로 화인(火印) 한 되는 쏟았지만 일주일을 버티셨습니다.

마지막에 돈과 약을 물 쓰듯 해도 오히려 구(救)할 길이 없는지라 백부께서 나더러 약수를 길어오라는 것입니다. 그때 친구 한 사람이 악발골 바로 넘어서 살았는데 그저 밥, 국, 김치, 숭늉 모두가 약물로 뒤범벅이었건만 그의 가족들은 그리 튼튼하지도 못할 뿐 아니라 그 먼저 해에는 그의 막내 누이를 폐환으로 잃어버렸습니다.

그래서 나는 이것은 미신이구나 하고 병을 들고 악발골로 가서 한 병 얻어가지고 오는 길에 그 친구 집에 들러서 내일은 우리 집에 초상이 날 것 같으니 사퇴(仕退) 시간에 좀 들러달라고 그래 놓고 왔습니다.

백부께서는 혼란된 의식 가운데서도 이 약물을 아마 한 종발이나 잡수셨던가 봅니다.

그리고 이튿날 낮에 운명(殞命)하셨습니다.

임종을 마치고 나는 뒤 곁으로 가서 오월 속에서 잉잉거리는 벌떼 파리 떼를 보고 있었습니다.

한물진 작약 꽃 이파리 하나가 많이 졌습니다.

이키! 하고 나는 가만히 깜짝 놀랐습니다.

그래서 또 술이 시작입니다.

백부는 공연히 약물을 잡수시게 해서 그랬느니 마니 하고 자꾸 후회를 하시길래 나는 듣기 싫어서 자꾸 술을 먹었습니다.

'세 분 손님 약주 잡수세요.' 소리에 어깨를 으쓱거리면서 그 목노집 마당을 마음에 맞는 친구들과 어우러져서 서성거리는 맛이란 굴비나 암치를 먹어가면서 약물을 퍼먹고 급기해하여 배탈이 나고 그만두는 프래그머티즘에 견줄 것이 아닙니다.

나는 술이나 거나—하게 취해서 어떤 여자 앞에서 몸

을 비비 꼬면서 '나는 당신 없이는 못 사는 몸이오' 하고 얼러보았더니 얼른 그 여자가 내 아내가 되어버린 데는 실없이 깜짝 놀랐습니다. 얘―이건 참 땡이로구나 하고 삼 년이나 같이 살았는데 그 여자는 삼 년 동안이나 같이 살아도 이 사람은 그저 세계에 제일 게으른 사람이라는 것밖에는 모르고 그만둔 모양입니다.

게으르지 않으면 부지런히 술이나 먹으러 다니는 게 또 마음에 안 맞았다는 것입니다.

한번은 병이 나서 신애―로 앓으면서 나더러 약물을 떠오라길래 그것은 미신이라고 그랬더니 뾰로통하는 것입니다.

아내가 가버린 것은 내가 약물을 안 길어다 주었대서 그런 것 같은데 또 내가 '약주'만 밤낮 먹으러 다니는 것이 보기 싫어서 그런 것도 같고 하여간 나는 지금 세상이 시들해져서 그날그날이 짐짐한데 술 따로 안주 따로 판다는 목노조합 결의(決議)가 아주 마음에 안 들어서 못 견디겠습니다.

누가 술만 끊으면 내 위해 주마고 그러지만 세상에 약물 안 먹어도 사람이 살겠거니와 술 안 먹고 못 사는 사람이 많은 것을 모르는 말입니다.

# 행복

달이 천심(天心)에 있으니 이만하면 족하다. 물은 아직 좀 덜 들어온 것 같다. 축은 모래와 마른 모래의 경계선이 월광 아래 멀리 아득하다. 찰락찰락—한 여남은 미터는 되나 보다. 단애(斷涯) 바위 위에 우리 둘은 걸터앉아 그 한순간을 기다리고 있다.

"자 인제 일어나요."

마흔아홉 대 꽁초가 내 앞에 무슨 푸성귀 싹처럼 헤어져 있다. 나머지 담배가 한 대 탄다. 요것이 다 타는 동안에 내가 최후의 결심을 할 수 있어야 한단다.

"자 어서 일어나요."

선(仙)이는 일어났고 인제는 정말 기다리던 그 순간이라는 것이 닥쳐왔나 보다. 나는 선이 머리를 걷어 치켜 주면서

"겁이 나나?"

"아—뇨."

"좀 춥지?"

"어떤가요?"

입술이 뜨겁다. 쉰 개째 담배가 다 탄 까닭이다. 인제
는 아무리 하여도 피할 도리가 없다.

"자 그럼 꼭 붙들어요."

"꼭 붙드세요."

행복의 절정을 그냥 육안으로 넘긴다는 것이 내게는
공포였다. 이 순간 이후 내 몸을 이 지상에 살려둘 수 없
다. 그렇다고 선이를 두고 가는 수도 없다.

그러나—

뜻밖에도 파도가 높았다. 이런 파도 속에서도 우리 둘
은 떨어지지 않았다. 떨어지지 않고 어느 만큼이나 우리
들은 떠돌아다녔는지 드디어 피로가 왔다—

죽기 전.

이렇게 해서 죽나 보다. 위선, 선이 팔이 내 목에서부
터 풀려 나갔다. 동시에 내 팔은 선이 허리를 놓쳤다. 그
순간 물먹은 내 귀가 들은 선이 단말마의 부르짖음,

"××씨!"

이것은 과연 내 이름은 아니다.

나는 순간 그 파도 속에서도 정신이 번쩍 났다. 오냐
그렇다면—

나는 죽어서는 안 된다.

나는 마지막 힘을 내어 뒷발을 한 번 탕 굴려 보았다. 몸이 소스라친다. 목이 수면 밖으로 나왔을 때 아까 우리 둘이 앉았던 바위가 눈앞에 보였다. 파도는 밀물이라 해안을 향해 친다. 그래 얼마 안 가서 나는 바위 위로 기어오를 수 있었다. 나는 그냥 뒤도 안 돌아보고 걸어가 버리려다가 문득,

선이를 살려야 하느니라.

하는 악마의 묵시를 받지 않을 수 없었다.

월광에 오르내리는 검은 한 점, 내가 척 늘어진 선이를 안아 올렸을 때 선이 몸은 아직 따뜻하였다.

오호 너로구나.

너는 네 평생을 두고 내 형상 없는 형벌 속에서 불행하리라 해서 우리 둘은 결혼하였던 것이다.

규방에서 나는 신부에게, 행형(行刑)하였다.

어떻게?

가지가지 행복의 길을 가지가지 교재를 가지고 가르쳤다.

그러나 선이가 한 번 미엽(媚靨)을 보이려 드는 순간 나는 영상(嶺上)의 고목처럼 냉담하곤 하는 것이다. 규방에는 늘 추풍이 소조(蕭條)히 불었다.

나는 이런 과로 때문에 무척 야위었다. 그러면서도 내 눈이 충혈한 채 무엇인가를 찾는다. 나는 가끔 내게 물어 본다.

'너는 무엇을 원하느냐? 복수? 천천히 천천히 하여라. 네 운명하는 날에야 끝날 일이니까.'

'아니야! 나는 지금 나만을 사랑할 동정을 찾고 있지 한 남자 두 남자를 사랑한 일이 있는 여자를 사랑할 수 없어. 왜? 그럼 나더러 먹다 남은 형해(形骸)에 만족하란 말이람?'

'허—너는 잊었구나? 네 복수가 필하는 것이 네 낙명 (落命)의 날이라는 것을. 네 일생은 이미 네가 부활하던 순간부터 제단 위에 올려 놓여 있는 것을 어쩌누?'

그만해도 석 달이 지났다. 형리(刑吏)의 심경에도 권태 가 왔다.

"싫다. 귀찮아졌다. 나는 한 번만 평민으로 살아보고 싶구나. 내게 정말 애인을 다고."

마호메트 것은 마호메트에게로 돌려보내야 할 것이다. 일생을 희생하겠다던 장도(壯圖)를 나는 석 달 동안에 이 렇게 탕진하고 말았다.

당신처럼 사랑한 일은 없습니다라든가, 당신만을 사랑 하겠습니다라든가 하는 그 여자의 말은 첫사랑 이외의 어떤 남자에게 있어서도 '인사' 정도에 지나지 않는다는 것을 잊어서는 안 된다.

"내 만났지."

"누구를요?"

"××."

"네―. 그래 결혼했대요?"

그것이 이렇게까지 선이에게는 몹시 걱정이 된다. 될 것이다. 나는 사실,

"아―니, 혼자던데. 여관에 있다던데."

"그럼 결혼 아직 안 했군그래. 왜 안 했을까."

슬픈 선이의 독백이여!

"추물이야, 살이 떵떵 찐 게."

"네? 거 그렇게까지 조소하려 들진 마세요. 그래두 당신네들(? 이 '들'자야말로 선이 천려(千慮)의 일실이다)버텀은 얼마나 인간미가 있는데 그래요. 그저 좀 인간이 부족하다뿐이지."

나는 거기서 더 입이 떨어지지 않았다. 고만 후회도 났다.

물론 선이는 내 선이가 아니다. 아닐 뿐만 아니라 ××를 사랑하고 그 다음 ×를 사랑하고 그 다음…….

그 다음에 지금 나를 사랑한다는 체하여 보고 있는 모

양 같다. 그런데 나는 선이만을 사랑한다. 그러니까 우리
는—

어떻게 해야만 좋을까 까지 발전한 환술(幻術)이 뚝 천
정을 새어 떨어지는 물방울에 와르르 무너져 버렸다. 창
밖에서는 빗소리가 내 낙태를 이러니저러니 하고 시비하
는 것 같은 벌써 새벽이다.

# 3부

소설

# 실화

1

사람이

비밀이 없다는 것은 재산 없는 것처럼 가난하고 허전
한 일이다.


2

꿈—꿈이면 좋겠다. 그러나 나는 자는 것이 아니다. 누
운 것도 아니다.

앉아서 나는 듣는다. (12월 23일)

"언더 더 워치—시계 아래서 말이에요—파이브 타운
스—다섯 개의 동리란 말이지요. 이 청년은 요 세상에서
담배를 제일 좋아합니다. ——기다랗게 꾸부러진 파이프

에다가 향기가 아주 높은 담배를 피워 빽— 빽— 연기를 풍기고 앉았는 것이 무엇보다도 낙이었답니다."

(내야말로 동경 와서 쓸데없이 담배만 늘었지. 울화가 푹— 치밀을 때 저— 폐까지 쭉— 연기나 들이켜지 않고 이 발광할 것 같은 심정을 억제하는 도리가 없다.)

"연애를 했어요! 고상한 취미——우아한 성격——이 런 것이 좋았다는 여자의 유서예요——죽기는 왜 죽어—— 선생님——저 같으면 죽지 않겠습니다. 죽도록 사랑할 수 있나요——있다지요. 그렇지만 저는 모르겠어요."

(나는 일찍이 어리석었더니라. 모르고 연(姸)이와 죽기를 약 속했더니라. 죽도록 사랑했건만 면회가 끝난 뒤 대략 이십 분 이나 삼십 분만 지나면 연이는 내가 '설마' 하고만 여기던 S의 품안에 있었다.)

"그렇지만 선생님——그 남자의 성격이 참 좋아요. 담 배도 좋고 목소리도 좋고——이 소설을 읽으면 그 남자 의 음성이 꼭——웅얼웅얼 들려오는 것 같아요. 이 남자 가 같이 죽자면 그때 당해서는 또 모르겠지만 지금 생각 같아서는 저도 죽을 수 있을 것 같아요. 선생님 사람이 정말 죽을 수 있도록 사랑할 수 있나요? 있다면 저도 그 런 연애 한번 해보고 싶어요."

(그러나 철부지 C양이여. 연이는 약속한 지 두 주일 되는 날

죽지 말고 우리 살자고 그럽디다. 속았다. 속기 시작한 것은 그 때부터다. 나는 어리석게도 살 수 있을 것을 믿었지. 그뿐인가. 연이는 나를 사랑하노라고까지.)

"공과(功課)는 여기까지밖에 안 했어요 ——청년이 마지막에는——멀리 여행을 간다나 봐요. 모든 것을 잊어버리려고."

(여기는 동경이다. 나는 어쩔 작정으로 여기 왔나? 적빈(赤貧)이 여세(如洗)——콕토가 그랬느니라——재주 없는 예술가야 부질없이 네 빈곤을 내세우지 말라고. 아— 내게 빈곤을 팔아먹는 재주 외에 무슨 기능이 남아 있누. 여기는 간다쿠 진보초(神田區 神保町), 내가 어려서 제전(帝展) 이과(二科)에 하가키 주문하던 바로 게가 예다. 나는 여기서 지금 앓는다.)

"선생님! 이 여자를 좋아하십니까——좋아하시지요——좋아요——아름다운 죽음이라고 생각해요——그렇게까지 사랑을 받는——남자는 행복되지요——네— 선생님——선생님 선생님."

(선생님 이상(李箱) 턱에 입 언저리에 아— 수염이 숱하게도 났다. 좋게도 자랐다.)

"선생님——뭘——그렇게 생각하십니까—— 네— 담배가 다 탔는데—— 아이— 파이프에 불이 붙으면 어떻게 합니까 —— 눈을 좀——뜨세요. 이야기는 끝났습니다. 네— 무슨 생각 그렇게 하셨나요."

　(아— 참 고운 목소리도 다 있지. 십 리나 먼——밖에서 들려
오는——값비싼 시계 소리처럼 부드럽고 정확하게 윤택이 있
고——피아니시모——꿈인가. 한 시간 동안이나 나는 스토리
보다는 목소리를 들었다. 한 시간——한 시간같이 길었지만 십
분——나는 졸았나? 아니 나는 스토리를 다 외운다. 나는 자지
않았다. 그 흐르는 듯한 연연한 목소리가 내 감관(感官)을 얼싸
안고 목소리가 갔다.) 꿈——꿈이면 좋겠다. 그러나 나는
잔 것도 아니요 또 누웠던 것도 아니다.


　3


　파이프에 불이 붙으면?

　끄면 그만이지. 그러나 S는 껄껄——아니 빙그레 웃으
면서 나를 타이른다.

　"상(箱)! 연이와 헤어지게. 헤어지는 게 좋을 것 같으
니. 상이 연이와 부부? 라는 것이 내 눈에는 똑 부러 그러
는 것 같아서 못 보겠네."

　"거 어째서 그렇다는 건가."

　이 S는, 아니 연이는 일찍이 S의 것이었다. 오늘 나는 S

와 더불어 담배를 피우면서 마주 앉아 담소할 수 있었다. 그러면 S와 나 두 사람은 친우였던가.

"상! 자네「EPIGRAM」이라는 글 내 읽었지. 한 번—— 허허— 한 번. 상! 상의 서푼짜리 우월감이 내게는 우스워 죽겠다는 걸세. 한 번? 한 번——허허— 한 번."

"그러면(나는 실신할 만치 놀란다) 한 번 이상——몇 번. S! 몇 번인가."

"그저 한 번 이상이라고만 알아 두게나그려."

꿈——꿈이면 좋겠다. 그러나 10월 23일부터 10월 24일까지 나는 자지 않았다. 꿈은 없다. (천사는——어디를 가도 천사는 없다. 천사들은 다 결혼해 버렸기 때문이다.) 23일 밤 열시부터 나는 가지가지 재주를 다 피워 가면서 연이를 고문했다.

24일 동이 훤—하게 터올 때쯤에야 연이는 겨우 입을 열었다. 아! 장구한 시간!

"첫 번——말해라."

"인천 어느 여관."

"그건 안다. 둘째 번——말해라."

"……."

"말해라."

"N빌딩 S의 사무실."

"셋째 번——말해라."

"……."

"말해라."

"동소문 밖 음벽정."

"넷째 번——말해라."

"……."

"말해라."

"……."

"말해라."

머리맡 책상 서랍 속에는 서슬이 퍼런 내 면도칼이 있다. 경동맥을 따면——요물은 선혈이 댓 줄기 뻗치듯 하면서 급사하리라. 그러나——나는 일찌감치 면도를 하고 손톱을 깎고 옷을 갈아입고 그리고 예년 10월 24일경에는 사체가 며칠 만이면 썩기 시작하는지 곰곰 생각하면서 모자를 쓰고 인사하듯 다시 벗어 들고 그리고 방——연이와 반년 침식을 같이 하던 냄새나는 방을 휘— 둘러살피자니까 하나 사다 놓네 놓네 하고 기어이 뜻을 이루지 못한 금붕어도——이 방에는 가을이 이렇게 짙었건만 국화 한 송이 장식이 없다.

4

그러나 C양의 방에는 지금——고향에서는 스케이트를 지친다는데——국화 두 송이가 참 싱싱하다.

이 방에는 C군과 C양이 산다. 나는 C양더러 '부인'이라고 그랬더니 C양은 성을 냈다. 그러나 C 군에게 물어보면 C양은 '아내'란다. 나는 이 두 사람 중의 누구라고 정하지 않고 내 동경생활이 하도 적막해서 지금 이 방에 놀러 왔다.

언더 더 워치——시계 아래서의 렉처는 끝났는데 C군은 조선 곰방대를 피우고 나는 눈을 뜨지 않는다. C양의 목소리는 꿈같다. 인토네이션이 없다. 흐르는 것 같이 끊임없으면서 아주 조용하다.

나는 그만 가야겠다.

"선생님(이것은 실로 이상 옹을 지적하는 참담한 인칭대명사다) 왜 그러세요—— 이 방이 기분이 나쁘세요?(기분? 기분이란 말은 필시 조선말은 아니리라) 더 놀다 가세요—— 아직 주무실 시간도 멀었는데 가서 뭐 하세요? 네? 얘기나 하세요."

나는 잠시 그 계간유수(溪間流水) 같은 목소리의 주인 C양의 얼굴을 들여다본다. C군이 범과 같이 건강하니까 C양은 혈색이 없이 입술조차 파르스레하다. 이 오사게

135

라는 머리를 한 소녀는 내일 학교에 간다. 가서 언더 더
워치의 계속을 배운다.

사람이──비밀이 없다는 것은 재산 없는 것처럼 가
난하고 허전한 일이다.

강사는 C양의 입술이 C양이 좀 횟배를 앓는다는 이유
외에 또 무슨 이유로 조렇게 파르스레한가를 아마 모르
리라.

강사는 맹랑한 질문 때문에 잠깐 얼굴을 붉혔다가 다
시 제 지위의 현격히 높은 것을 느끼고 그리고 외쳤다.

"쪼꾸만 것들이 무얼 안다고──"

그러나 연이는 히힝 하고 코웃음을 쳤다. 모르기는 왜
몰라── 연이는 지금 방년이 이십, 열여섯 살 때 즉 연
이가 여고 때 수신과 체조를 배우는 여가에 간단한 속옷
을 찢었다. 그리고 나서 수신과 체조는 여가에 가끔 하였
다.

여섯──일곱──여덟──아홉──열다섯 해──개
꼬리도 삼 년만 묻어 두면 황모(黃毛)가 된다든가 안 된
다든가 원──수신 시간에는 학감선생님, 할팽(割烹) 시
간에는 올드미스 선생님, 국문 시간에는 곰보딱지 선생
님.

"선생님 선생님── 이 귀염성스럽게 생긴 연이가 옆

저녁에 무엇을 했는지 알아내면 용하지." 흑판 위에는 '요조숙녀'라는 액(額)의 흑색이 임리(淋漓)하다.

"선생님 선생님—— 제 입술이 왜 요렇게 파르스레한 지 알아맞히신다면 참 용하지."

연이는 음벽정(飮碧亭)에 가던 날도 R영문과에 재학 중이다. 전날 밤에는 나와 만나서 사랑과 장래를 맹세하고 그 이튿날 낮에는 기성과 호손을 배우고 밤에는 S와 같이 음벽정에 가서 옷을 벗었고 그 이튿날은 월요일이기 때문에 나와 같이 같은 동소문 밖으로 놀러 가서 베제 (baiser)했다. S도 K교수도 나도 연이가 엊저녁에 무엇을 했는지 모른다. S도 K교수도 나도 바보요. 연이만이 홀로 눈 가리고 야옹하는데 희대의 천재다.

연이는 N빌딩에서 나오기 전에 WC라는 데를 잠깐 들르지 않으면 안 되었다. 나오면 남대문통 십 오간 대로 GO STOP의 인파.

"여보시오 여보시오, 이 연이가 저 이층 바른편에서부터 둘째 S씨의 사무실 안에서 지금 무엇을 하고 나왔는지 알아맞히면 용하지."

그때에도 연이의 살결에서는 능금과 같은 신선한 생광(生光)이 나는 법이다. 그러나 불쌍한 이상 선생님에게는 이 복잡한 교통을 향하여 빈정거릴 아무런 비밀의 재

료도 없으니 내가 재산 없는 것보다도 더 가난하고 싱겁
다.

"C양! 내일도 학교에 가셔야 할 테니까 일찍 주무셔야
지요."

나는 부득부득 가야겠다고 우긴다. C양은 그럼 이 꽃
한 송이 가져다가 방에다 꽂아 놓으란다.

"선생님 방은 아주 살풍경이라지요?"

내 방에는 화병도 없다. 그러나 나는 두 송이 가운데
흰 것을 달래서 왼편 깃에다가 꽂았다. 꽂고 나는 밖으로
나왔다.




5


국화 한 송이도 없는 방 안을 휘― 한번 둘러보았다.
잘― 하면 나는 이 추악한 방을 다시 보지 않아도 좋을
수도 있을까 싶었기 때문에 내 눈에는 눈물도 핑 돌 밖에.

나는 썼다 벗은 모자를 다시 쓰고 나니까 그만하면 내
연이에게 대한 인사도 별로 유루(遺漏)없이 다 된 것 같
았다.

연이는 내 뒤를 서너 발자국 따라왔던가 싶다. 그러나

나는 예년 10월 24일경에는 사체(死體)가 며칠 만이면 상하기 시작하는지 그것이 더 급했다.

"상! 어디 가세요?"

나는 얼떨결에 되는 대로,

"동경."

물론 이것은 허담이다. 그러나 연이는 나를 만류하지 않는다. 나는 밖으로 나갔다.

나왔으니, 자— 어디로 어떻게 가서 무엇을 해야 되누.

해가 서산에 지기 전에 나는 이삼 일 내로는 반드시 썩기 시작해야 할 한 개 '사체(死體)'가 되어야만 하겠는데, 도리는?

도리는 막연하다. 나는 십 년 긴——세월을 두고 세수할 때마다 자살을 생각하여 왔다. 그러나 나는 결심하는 방법도 결행하는 방법도 아무것도 모르는 채다.

나는 온갖 유행 약을 암송하여 보았다.

그러고 나서는 인도교, 변전소, 화신상회 옥상, 경원선 이런 것들도 생각해 보았다. 나는 그렇다고——정말 이 온갖 명사의 나열은 가소롭다——아직 웃을 수는 없다.

웃을 수는 없다. 해가 저물었다. 급하다. 나는 어딘지도 모를 교외에 있다. 나는 어쨌든 시내로 들어가야만 할 것 같았다. 시내——사람들은 여전히 그 알아볼 수 없는 낯짝들을 쳐들고 와글 와글 야단이다. 가등이 안개 속에서 축축해한다. 영경(英京) 윤돈(倫敦)이 이렇다지──

6

NAUKA사가 있는 진보초 스즈란도(神保町鈴蘭洞)에는 고본(古本) 야시가 선다. 섣달 대목──이 스즈란도도 곱게 장식되었다. 이슬비에 젖은 아스팔트를 이리 디디고 저리 디디고 저녁 안 먹은 내 발길은 자못 창랑(踉蹌)하였다. 그러나 나는 최후의 이십 전을 던져 타임스판 상용 영어 사천 자라는 서적을 샀다. 사천 자──사천 자면 많은 수효다. 이 해양(海洋)만한 외국어를 겨드랑에 낀 나는 섣불리 배고파할 수도 없다. 아─ 나는 배부르다.

진따(ジンタ)──(옛날 활동사진 상설관에서 사용하던 취주악대) 진동야(チンドン屋)의 진따가 슬프다.

진따는 전원 네 사람으로 조직되었다. 대목의 한몫을 보려는 소백화점의 번영을 위하여 이 네 사람은 클라리넷과 코넷과 북과 소고(小鼓)를 가지고 선조 유신 당초에 부르던 유행가를 연주한다. 그것은 슬프다 못해 기가 막히는 가각풍경(街角風景)이다. 왜? 이 네 사람은 네 사람이 다 묘령의 여성들이더니라. 그들은 똑같이 진홍색 군복과 군모와 '꼭구마'를 장식하였더니라.

아스팔트는 젖었다. 스즈란도 좌우에 매달린 그 영란(鈴蘭) 꽃 모양 가등(街燈)도 젖었다. 클라리넷 소리도──눈물에──젖었다.

그리고 내 머리에는 안개가 자욱이 끼었다.

영경 윤돈이 이렇다지?

"이상!은 무슨 생각을 그렇게 하십니까?"

남자의 목소리가 내 어깨를 쳤다. 법정대학 Y군, 인생보다는 연극이 더 재미있다는 이다. 왜? 인생은 귀찮고 연극은 실없으니까.

"집에 갔더니 안 계시길래!"

"죄송합니다."

"엠프레스에 가십시다."

"좋─지요."

ADVENTURE IN MANHATTAN에서 진 아서가 커피 한잔 맛있게 먹더라. 크림을 타 먹으면 소설가 구보(仇甫) 씨가 그랬나──쥐 오줌내가 난다고. 그러나 나는 조엘 마크리만큼은 맛있게 먹을 수 있었으니──MOZART의 41번은 '목성'이다. 나는 몰래 모차르트의 환술(幻術)을 투시하려고 애를 쓰지만 공복으로 하여 적이 어지럽다.

"신주쿠(新宿) 가십시다."

"신주쿠라?"

"NOVA에 가십시다."

"가십시다 가십시다."

마담은 루바슈카. 노바는 에스페란토. 헌팅을 얹은 놈의 심장을 아까부터 벌레가 연해 파먹어 들어간다. 그러면 시인 지용(芝鎔)이여! 이상은 물론 자작의 아들도 아무것도 아니겠습니다그려!

12월의 맥주는 선뜩선뜩하다. 밤이나 낮이나 감방은 어둡다는 이것은 고리키의 「나그네」 구슬픈 노래, 이 노래를 나는 모른다.


7


밤이나 낮이나 그의 마음은 한없이 어두우리라. 그러나 유정(兪政)아! 너무 슬퍼 마라. 너에게는 따로 할 일이 있느니라.

이런 지비(紙碑)가 붙어 있는 책상 앞이 유정에게 있어서는 생사의 기로다. 이 칼날같이 선 한 지점에 그는 앉지도 서지도 못하면서 오직 내가 오기를 기다렸다고 울고 있다.

"각혈이 여전하십니까?"

"네— 그저 그날이 그날 같습니다."

"치질이 여전하십니까?"

"네— 그저 그날이 그날 같습니다."

안개 속을 헤매던 내가 불현듯이 나를 위하여는 마코 ──두 갑, 그를 위하여는 배 십 전어치를, 사가지고 여기 유정을 찾은 것이다. 그러나 그의 유령 같은 풍모를 도회(韜晦)하기 위하여 장식된 무성한 화병에서까지 석탄산 내음새가 나는 것을 지각하였을 때는 나는 내가 무엇 하러 여기 왔나를 추억해 볼 기력조차도 없어진 뒤였다.

"신념을 빼앗긴 것은 건강이 없어진 것처럼 죽음의 꼬임을 받기 마치 쉬운 경우더군요."

"이상 형! 형은 오늘이야 그것을 빼앗기셨습니까! 인제 ── 겨우 ── 오늘이야 ── 겨우 ── 인제."

유정! 유정만 싫다지 않으면 나는 오늘 밤으로 치러버리고 말 작정이었다. 한 개 요물에게 부상해서 죽는 것이 아니라 이십칠 세를 일기로 하는 불우의 천재가 되기 위하여 죽는 것이다.

유정과 이상——이 신성불가침의 찬란한 정사(情死)——
—이 너무나 엄청난 거짓을 어떻게 다 주체를 할 작정인
지.

"그렇지만 나는 임종할 때 유언까지도 거짓말을 해줄
결심입니다."

"이것 좀 보십시오."

하고 풀어헤치는 유정의 젖가슴은 초롱(草籠)보다도
앙상하다. 그 앙상한 가슴이 부풀었다 구겼다 하면서 단
말마의 호흡이 서글프다.

"명일의 희망이 이글이글 끓습니다."

유정은 운다. 울 수 있는 외의 그는 온갖 표정을 다 망
각하여 버렸기 때문이다.

"유 형! 저는 내일 아침차로 동경 가겠습니다."

"……."

"또 뵈옵기 어려울걸요."

"……."

그를 찾은 것을 몇 번이고 후회하면서 나는 유정을 하
직하였다. 거리는 늦었다. 방에서는 연이가 나대신 내 밥
상을 지키고 앉아서 아직도 수없이 지니고 있는 비밀을
만지작만지작하고 있었다. 내 손은 연이 뺨을 때리지는
않고 내일 아침을 위하여 짐을 꾸렸다.

"연이! 연이는 야옹의 천재요. 나는 오늘 불우의 천재라는 것이 되려다가 그나마도 못 되고 도로 돌아왔소. 이렇게 이렇게! 응?"


8


나는 버티다 못해 조그만 종잇조각에다 이렇게 적어 그놈에게 주었다.

"자네도 야옹의 천재인가? 암만해도 천재인가 싶으이. 나는 졌네. 이렇게 내가 먼저 지껄였다는 것부터가 패배를 의미하지."

일고 휘장(一高徽章)이다. HANDSOME BOY——해협 오전 두시의 망토를 두르고 내 곁에 가 버티고 앉아서 동(動)치 않기를 한 시간 (이상?) 나는 그동안 풍선처럼 잠자코 있었다. 온갖 재주를 다 피워서 이 미목수려(眉目秀麗)한 천재로 하여금 먼저 입을 열도록 갈팡질팡했건만 급기야 나는 졌다. 지고 말았다.

"당신의 턱석부리는 말을 연상시키는구려. 그러면 말아! 다락 같은 말아! 귀하는 점잖기도 하다 마는 또 귀하는 왜 그리 슬퍼 보이오? 네?" (이놈은 무례한 놈이다.)

145

"슬퍼? 응——슬플 밖에——이십 세기를 생활하는데 십구 세기의 도덕성밖에는 없으니 나는 영원한 절름발이로다. 슬퍼야지——만일 슬프지 않다면——나는 억지로라도 슬퍼해야지——슬픈 포즈라도 해보여야지——왜 안 죽느냐고? 헤헹! 내게는 남에게 자살을 권유하는 버릇밖에 없다. 나는 안 죽지. 이따가 죽을 것만 같이 그렇게 중속(衆俗)을 속여 주기만 하는 거야. 아— 그러나 인제는 다 틀렸다. 봐라. 내 팔. 피골이 상접. 아야아야. 웃어야 할 터인데 근육이 없다. 울려야 근육이 없다. 나는 형해(形骸)다. 나——라는 정체는 누가 잉크 짓는 약으로 지워 버렸다. 나는 오직 내——흔적일 따름이다."

NOVA의 웨이트리스 나미코는 아부라에(油繪)라는 재주를 가진 노라의 따님 코론타이의 누이동생이시다. 미술가 나미코 씨와 극작가 Y군은 4차원 세계의 테마를 불란서 말로 회화한다.

불란서 말의 리듬은 C양의 언더 더 워치 강의처럼 애매하다. 나는 하도 답답해서 그만 울어 버리기로 했다. 눈물이 좔좔 쏟아진다. 나미코가 나를 달랜다.

"너는 뭐냐? 나미코? 너는 엊저녁에 어떤 마치아이(待合)에서 방석을 베고 십구 분 동안——아니 아니 어떤 빌딩에서 아까 너는 걸상에 포개 앉았었느냐. 말해라——

혜혜— 음벽정? N빌딩 바른편에서부터 둘째 S의 사무
실? (아— 이 주책없는 이상아 동경에는 그런 것은 없습네.)
계집의 얼굴이란 다마네기다. 암만 벗기어 보려무나. 마
지막에 아주 없어질지언정 정체는 안 내놓느니."

신주쿠의 오전 한 시──나는 연애보다도 우선 담배
를 피우고 싶었다.


9


12월 23일 아침 나는 진보초 누옥(陋屋) 속에서 공복
으로 하여 발열하였다. 발열로 하여 기침하면서 두 벌 편
지는 받았다.

저를 진정으로 사랑하시거든 오늘로라도 돌아와 주십
시오. 밤에도 자지 않고 저는 형을 기다리고 있습니다.
유정.

이 편지 받는 대로 곧 돌아오세요. 서울에서는 따뜻한
방과 당신의 사랑하는 연이가 기다리고 있습니다. 연 서
(書).

이날 저녁에 부질없는 향수를 꾸짖는 것처럼 C양은
나에게 백국(白菊) 한 송이를 주었느니라. 그러나 오전

한 시 신주쿠역 폼에서 비칠거리는 이상의 옷깃에 백국은 간데없다. 어느 장화가 짓밟았을까. 그러나——검정 외투에 조화를 단, 댄서——한 사람. 나는 이국종 강아지올시다. 그러면 당신께서는 또 무슨 방석과 걸상의 비밀을 그 농화장(濃化粧) 그늘에 지니고 계시나이까?

사람이——비밀 하나도 없다는 것이 참 재산 없는 것보다도 더 가난하외다 그려! 나를 좀 보시지요?

# 날개

'박제가 되어 버린 천재'를 아시오? 나는 유쾌하오. 이런 때 연애까지가 유쾌하오.

육신이 흐느적흐느적하도록 피로했을 때만 정신이 은화처럼 맑소. 니코틴이 내 횟배 앓는 뱃속으로 스미면 머릿속에 으레 백지가 준비되는 법이오. 그 위에다 나는 위트와 패러독스를 바둑 포석처럼 늘어놓소. 가증할 상식의 병이오.

나는 또 여인과 생활을 설계하오. 연애기법에마저 서먹서먹해진 지성의 극치를 흘깃 좀 들여다본 일이 있는, 말하자면 일종의 정신분일자말이오. 이런 여인의 반—그것은 온갖 것의 반이오.—만을 영수하는 생활을 설계한다는 말이오. 그런 생활 속에 한 발만 들여놓고 흡사 두 개의 태양처럼 마주 쳐다보면서 낄낄거리는 것이오. 나는 아마 어지간히 인생의 제행이 싱거워서 견딜 수가 없게끔 되고 그만둔 모양이오. 굿바이.

굿바이. 그대는 이따금 그대가 제일 싫어하는 음식을 탐식하는 아이러니를 실천해 보는 것도 좋을 것 같소. 위트와 패러독스와…….

그대 자신을 위조하는 것도 할 만한 일이오. 그대의 작품은 한 번도 본 일이 없는 기성품에 의하여 차라리 경편하고 고매하리다.

19세기는 될 수 있거든 봉쇄하여 버리오. 도스토엡스키 정신이란 자칫하면 낭비일 것 같소. 위고를 불란서의 빵 한 조각이라고는 누가 그랬는지 지언인 듯싶소. 그러나 인생 혹은 그 모형에 있어서 '디테일' 때문에 속는다거나 해서야 되겠소?

화를 보지 마오. 부디 그대께 고하는 것이니…….

"테이프가 끊어지면 피가 나오. 생채기도 머지않아 완치될 줄 믿소. 굿바이."

감정은 어떤 '포우즈'. (그 '포우즈'의 원소만을 지적하는 것이 아닌지 나도 모르겠소.) 그 포우즈가 부동자세에까지 고도화할 때 감정은 딱 공급을 정지합네다.

나는 내 비범한 발육을 회고하여 세상을 보는 안목을 규정하였소.

여왕봉과 미망인─세상의 하고 많은 여인이 본질적으로 이미 미망인이 아닌 이가 있으리까? 아니, 여인의 전부가 그 일상에 있어서 개개 '미망인'이라는 내 논리가 뜻밖에도 여성에 대한 모험이 되오? 굿바이.


그 삼십삼 번지라는 것이 구조가 흡사 유곽이라는 느낌이 없지 않다.

한 번지에 18가구가 죽 어깨를 맞대고 늘어서서 창호가 똑같고 아궁이 모양이 똑같다. 게다가 각 가구에 사는 사람들이 송이송이 꽃과 같이 젊다.

해가 들지 않는다. 해가 드는 것을 그들이 모른 체하는 까닭이다. 턱살밑에다 철 줄을 매고 얼룩 진 이부자리를 널어 말린다는 핑계로 미닫이에 해가 드는 것을 막아 버린다. 침침한 방안에서 낮잠들을 잔다. 그들은 밤에는 잠을 자지 않나? 알 수 없다. 나는 밤이나 낮이나 잠만 자느라고 그런 것을 알 길이 없다. 삼십삼 번지 18가구의 낮은 참 조용하다.

조용한 것은 낮뿐이다. 어둑어둑하면 그들은 이부자리를 걷어 들인다. 전등불이 켜진 뒤의 18가구는 낮보다 훨씬 화려하다. 저물도록 미닫이 여닫는 소리가 잦다. 바빠진다. 여러 가지 냄새가 나기 시작한다. 비웃 굽는 내, 탕고도오랑내, 뜨물내, 비눗내.

그러나 이런 것들보다도 그들의 문패가 제일로 고개

를 끄덕이게 하는 것이다.

이 18가구를 대표하는 대문이라는 것이 일각이 져서 외따로 떨어지기는 했으나, 있다. 그러나 그것은 한 번도 닫힌 일이 없는, 한길이나 마찬가지 대문인 것이다. 온갖 장사치들은 하루 가운데 어느 시간에라도 이 대문을 통하여 드나들 수 있는 것이다. 이네들은 문간에서 두부를 사는 것이 아니라, 미닫이를 열고 방에서 두부를 사는 것이다. 이렇게 생긴 삼십삼 번지 대문에 그들 18가구의 문패를 몰아다 붙이는 것은 의미가 없다. 그들은 어느 사이엔가 각 미닫이 위 백인당이니 길상당이니 써 붙인 한 곁에다 문패를 붙이는 풍속을 가져 버렸다.

내 방 미닫이 위 한 곁에 칼표 딱지를 넷에다 낸 것 만한 내— 아니! 내 아내의 명함이 붙어 있는 것도 이 풍속을 좇은 것이 아닐 수 없다.

나는 그러나 그들의 아무와도 놀지 않는다. 놀지 않을 뿐만 아니라 인사도 않는다. 나는 내 아내와 인사하는 외에 누구와도 인사하고 싶지 않았다. 내 아내 외의 다른 사람과 인사를 하거나 놀거나 하는 것은 내 아내 낯을 보아 좋지 않은 일인 것만 같이 생각이 되었기 때문이다. 나는 이만큼까지 내 아내를 소중히 생각한 것이다. 내가 이렇게까지 내 아내를 소중히 생각한 까닭은 이 삼십삼 번지 18가구 속에서 내 아내가 내 아내의 명함처럼 제일 작고 제일 아름다운 것을 안 까닭이다. 18가구에 각기 빌어 들은 송이송이 꽃들 가운데서도 내 아내가 특히 아름다운 한 떨기의 꽃으로 이 함석지붕 밑 볕 안 드는 지역에서 어디까지든지 찬란하였다. 따라서 그런 한 떨기 꽃을 지키고 ─아니 그 꽃에 매어달려 사는 나라는 존재가 도무지 형언할 수 없는 거북살스러운 존재가 아닐 수 없었던 것은 물론이다.

나는 어디까지든지 내 방이─집이 아니다. 집은 없다.─마음에 들었다. 방안의 기온은 내 체온을 위하여 쾌적하였고, 방안의 침침한 정도가 또한 내 안력을 위하여 쾌적하였다. 나는 내 방 이상의 서늘한 방도 또 따뜻한 방도 희망하지 않았다. 이 이상으로 밝거나 이 이상으로 아늑한 방은 원하지 않았다. 내 방은 나 하나를 위하여 요만한 정도를 꾸준히 지키는 것 같아 늘 내 방에 감사하였고, 나는 또 이런 방을 위하여 이 세상에 태어난 것만 같아서 즐거웠다.

그러나 이것은 행복이라든가 불행이라든가 하는 것을 계산하는 것은 아니었다. 말하자면 나는 내가 행복되다고도 생각할 필요가 없었고, 그렇다고 불행하다고도 생각할 필요가 없었다. 그냥 그날을 그저 까닭 없이 펀둥펀

둥 게으르고만 있으면 만사는 그만이었던 것이다.

내 몸과 마음에 옷처럼 잘 맞는 방 속에서 뒹굴면서, 축 처져 있는 것은 행복이니 불행이니 하는 그런 세속적인 계산을 떠난, 가장 편리하고 안일한 말하자면 절대적인 상태인 것이다. 나는 이런 상태가 좋았다.

이 절대적인 내 방은 대문간에서 세어서 똑 일곱째 칸이다. 러키세븐의 뜻이 없지 않다. 나는 이 일곱이라는 숫자를 훈장처럼 사랑하였다. 이런 이 방이 가운데 장지로 말미암아 두 칸으로 나뉘어 있었다는 그것이 내 운명의 상징이었던 것을 누가 알랴? 아랫방은 그래도 해가든다. 아침결에 책보만한 해가 들었다가 오후에 손수건만 해지면서 나가 버린다. 해가 영영 들지 않는 윗방이 즉 내 방인 것은 말할 것도 없다. 이렇게 볕 드는 방이 아내 방이요, 볕 안 드는 방이 내 방이요 하고 아내와 나 둘 중에 누가 정했는지 나는 기억하지 못한다.

그러나 나에게는 불평이 없다.

아내가 외출만 하면 나는 얼른 아랫방으로 와서 그 동쪽으로 난 들창을 열어 놓고 열어놓으면 들이비치는 햇살이 아내의 화장대를 비춰 가지각색 병들이 아롱이 지면서 찬란하게 빛나고, 이렇게 빛나는 것을 보는 것은 다시없는 내 오락이다. 나는 조그만 돋보기를 꺼내가지고 아내만이 사용하는 지리가미를 꺼내 가지고 그을려가면서 불장난을 하고 논다. 평행광선을 굴절시켜서 한 초점에 모아가지고 그 초점이 따끈따끈해지다가, 마지막에는 종이를 그을리기 시작하고, 가느다란 연기를 내면서 드디어 구멍을 뚫어 놓는 데까지 이르는, 고 얼마 안 되는 동안의 초조한 맛이 죽고 싶을 만큼 내게는 재미있었다.

이 장난이 싫증이 나면 나는 또 아내의 손잡이 거울을 가지고 여러 가지로 논다. 거울이란 제 얼굴을 비칠 때만 실용품이다. 그 외의 경우에는 도무지 장난감인 것이다. 이 장난도 곧 싫증이 난다.

나의 유희심은 육체적인 데서 정신적인 데로 비약한다. 나는 거울을 내던지고 아내의 화장대 앞으로 가까이 가서 나란히 늘어 놓인 그 가지각색의 화장품 병들을 들여다본다. 고것들은 세상의 무엇보다도 매력적이다. 나는 그중의 하나만을 골라서 가만히 마개를 빼고 병 구멍을 내 코에 가져다 대고 숨죽이듯이 가벼운 호흡을 하여 본다. 이국적인 센슈얼 한 향기가 폐로 스며들면 나는 저절로 스르르 감기는 내 눈을 느낀다. 확실히 아내의 체취의 파편이다.

나는 도로 병마개를 막고 생각해 본다. 아내의 어느 부분에서 요 냄새가 났던가를……. 그러나 그것은 분명하지 않다. 왜? 아내의 체취는 여기 늘어섰을 가지각색 향기의 합계일 것이니까.

아내의 방은 늘 화려하였다. 내 방이 벽에 못 한 개 꽂히지 않은 소박한 것인 반대로, 아내 방에는 천장 밑으로 쫙 돌려 못이 박히고, 못마다 화려한 아내의 치마와 저고리가 걸렸다. 여러 가지 무늬가 보기 좋다. 나는 그 여러 조각의 치마에서 늘 아내의 동체와, 그 동체가 될 수 있는 여러 가지 포우즈를 연상하고 연상하면서 내 마음은 늘 점잖지 못하다.

그렇건만 나에게는 옷이 없었다. 아내는 내게 옷을 주지 않았다. 입고 있는 코르덴양복 한 벌이 내 자리옷이었고 통상복과 나들이옷을 겸한 것이었다. 그리고 하이넥의 스웨터가 한 조각 사철을 통한 내 내의다. 그것들은 하나같이 다 빛이 검다. 그것은 내 짐작 같아서는 즉 빨래를 될 수 있는 데까지 하지 않아도 보기 싫지 않게 하기 위한 것이 아닌가 한다. 나는 허리와 두 가랑이 세 군데 다— 고무 밴드가 끼어 있는 부드러운 사루마다를 입고 그리고 아무 소리 없이 잘 놀았다.

어느덧 손수건 만해졌던 볕이 나갔는데 아내는 외출에서 돌아오지 않는다. 나는 요만 일에도 좀 피곤하였고 또 아내가 돌아오기 전에 내 방으로 가 있어야 될 것을 생각하고 그만 내 방으로 건너간다. 내 방은 침침하다. 나는 이불을 뒤집어쓰고 낮잠을 잔다. 한 번도 걷은 일이 없는 내 이부자리는 내 몸뚱이의 일부분처럼 내게는 참 반갑다. 잠은 잘 오는 적도 있다. 그러나 또 전신이 까칫 까칫하면서 영 잠이 오지 않는 적도 있다. 그런 때는 아무 제목으로나 제목을 하나 골라서 연구하였다. 나는 내 좀 축축한 이불속에서 참 여러 가지 발명도 하였고 논문도 많이 썼다. 시도 많이 지었다. 그러나 그것들은 내가 잠이 드는 것과 동시에 내 방에 담겨서 철철 넘치는 그 흐늑흐늑한 공기에 다 비누처럼 풀어져서 온데간데없고, 한잠 자고 깨인 나는 속이 무명헝겊이나 메밀껍질로 떵떵 찬 한 덩어리 베개와도 같은 한 벌 신경이었을 뿐이고 뿐이고 하였다.

그러기에 나는 빈대가 무엇보다도 싫었다. 그러나 내 방에서는 겨울에도 몇 마리의 빈대가 끊이지 않고 나왔다. 내게 근심이 있었다면 오직 이 빈대를 미워하는 근심일 것이다. 나는 빈대에게 물려서 가려운 자리를 피가 나도록 긁었다. 쓰라리다. 그것은 그윽한 쾌감에 틀림없었다. 나는 혼곤히 잠이 든다.

나는 그러나 그런 이불 속의 사색 생활에서도 적극적인 것을 궁리하는 법이 없다. 내게는 그럴 필요가 대체 없었다. 만일 내가 그런 좀 적극적인 것을 궁리해내었을 경우에 나는 반드시 내 아내와 의논하여야 할 것이고, 그러면 반드시 나는 아내에게 꾸지람을 들을 것이고— 나는 꾸지람이 무서웠다느니보다는 성가셨다. 내가 제법 한 사람의 사회인의 자격으로 일을 해 보는 것도 아내에게 사설 듣는 것도 나는 가장 게으른 동물처럼 게으른 것이 좋았다. 될 수만 있으면 이 무의미한 인간의 탈을 벗어 버리고도 싶었다.

나에게는 인간 사회가 스스러웠다. 생활이 스스러웠다. 모두가 서먹서먹할 뿐이었다.

아내는 하루에 두 번 세수를 한다.

나는 하루 한 번도 세수를 하지 않는다.

나는 밤중 세 시나 네 시쯤 해서 변소에 갔다.

달이 밝은 밤에는 한참씩 마당에 우두커니 섰다가 들어오곤 한다. 그러니까 나는 이 18가구의 아무와도 얼굴이 마주치는 일이 거의 없다. 그러면서도 나는 이 18가구의 젊은 여인네 얼굴들을 거반 다 기억하고 있었다. 그들은 하나 같이 내 아내만 못하였다.

열한 시쯤 해서 하는 아내의 첫 번 세수는 좀 간단하다. 그러나 저녁 일곱 시쯤 해서 하는 두 번째 세수는 손이 많이 간다. 아내는 낮에 보다도 밤에 더 좋고 깨끗한

옷을 입는다. 그리고 낮에도 외출하고 밤에도 외출하였다.

아내에게 직업이 있었던가? 나는 아내의 직업이 무엇인지 알 수 없다. 만일 아내에게 직업이 없었다면 같이 직업이 없는 나처럼 외출할 필요가 생기지 않을 것인데— 아내는 외출한다. 외출할 뿐만 아니라 내객이 많다. 아내에게 내객이 많은 날은 나는 온종일 내 방에서 이불을 쓰고 누워 있어야만 된다.

불장난도 못한다. 화장품 냄새도 못 맡는다. 그런 날은 나는 의식적으로 우울해 하였다. 그러면 아내는 나에게 돈을 준다. 오십 전짜리 은화다. 나는 그것이 좋았다.

그러나 그것을 무엇에 써야 옳을지 몰라서 늘 머리맡에 던져두고 두고 한 것이 어느 결에 모여서 꽤 많아졌다 어느 날 이것을 본 아내는 금고처럼 생긴 벙어리를 사다준다.

나는 한 푼씩 한 푼씩 그 속에 넣고 열쇠는 아내가 가져갔다. 그 후에도 나는 더러 은화를 그 벙어리에 넣은 것을 기억한다. 그리고 나는 게을렀다. 얼마 후 아내의 머리 쪽에 보지 못하던 누깔잠이 하나 여드름처럼 돋았던 것은 바로 그 금고형 벙어리의 무게가 가벼워졌다는 증거일까. 그러나 나는 드디어 머리맡에 놓았던 그 벙어리에 손을 대지 않고 말았다. 내 게으름은 그런 것에 내 주의를 환기시키기도 싫었다.

아내에게 내객이 있는 날은 이불 속으로 암만 깊이 들어가도 비 오는 날만큼 잠이 잘 오지 않았다. 나는 그런 때 나에게 왜 늘 돈이 있나 왜 돈이 많은가를 연구했다. 내객들은 장지 저쪽에 내가 있는 것을 모르나보다. 내 아내와 나도 좀 하기 어려운 농을 아주 서슴지 않고 쉽게 해 던지는 것이다. 그러나 내 아내를 찾은 서너 사람의 내객들은 늘 비교적 점잖았다고 볼 수 있는 것이, 자정이 좀 지나면 으레 돌아들 갔다.

그들 가운데에는 퍽 교양이 얕은 자도 있는 듯싶었는데, 그런 자는 보통 음식을 사다 먹고 논다.

그래서 보충을 하고 대체로 무사하였다. 나는 우선 아내의 직업이 무엇인가를 연구하기에 착수하였으나 좁은 시야와 부족한 지식으로는 이것을 알아내기 힘이 든다. 나는 끝끝내 내 아내의 직업이 무엇인가를 모르고 말려나 보다.

아내는 늘 진솔 버선만 신었다. 아내는 밥도 지었다. 아내가 밥을 짓는 것을 나는 한 번도 구경한 일은 없으나 언제든지 끼니때면 내 방으로 내 조석 밥을 날라다 주는 것이다. 우리 집에는 나와 내 아내 외의 다른 사람은 아무도 없다. 이 밥은 분명 아내가 손수 지었음에 틀림없다.

그러나 아내는 한 번도 나를 자기 방으로 부른 일은 없다. 나는 늘 윗방에서나 혼자서 밥을 먹고 잠을 잤다.

밥은 너무 맛이 없었다. 반찬이 너무 엉성하였다. 나는 닭이나 강아지처럼 말없이 주는 모이를 넓적넓적 받아먹기는 했으나 내심 야속하게 생각한 적도 더러 없지 않다.

나는 안색이 여지없이 창백해가면서 말라 들어갔다. 나날이 눈에 보이듯이 기운이 줄어들었다. 영양 부족으로 하여 몸뚱이 곳곳의 뼈가 불쑥불쑥 내어 밀었다. 하룻밤 사이에도 수십 차를 돌쳐 눕지 않고는 여기저기가 배겨서 나는 배겨낼 수가 없었다.

그렇기 때문에 나는 내 이불 속에서 아내가 늘 흔히 쓸 수 있는 저 돈의 출처를 탐색해 내는 일변 장지 틈으로 새어나오는 아랫방의 음성은 무엇일까를 간단히 연구하였다.

나는 잠이 잘 안 왔다.

깨달았다. 아내가 쓰는 그 돈은 내게는 다만 실없는 사람들로밖에 보이지 않는 까닭 모를 내객들이 놓고 가는 것이 틀림없으리라는 것을 깨달았다.

그러나 왜 그들 내객은 돈을 놓고 가나? 왜 내 아내는 그 돈을 받아야 되나? 하는 예의 관념이 내게는 도무지 알 수 없는 것이었다.

그것은 그저 예의에 지나지 않는 것일까? 그렇지 않으면 혹 무슨 대가일까? 보수일까? 내 아 내가 그들의 눈에는 동정을 받아야만 할 한 가엾은 인물로 보였던가? 이런 것들을 생각하노라면 으레 내 머리는 그냥 혼란하여 버리고 하였다. 잠들기 전에 획득했다는 결론이 오직 불쾌하다는 것뿐이었으면서도 나는 그런 것을 아내에게 물어 보거나 한 일이 참 한 번도 없다. 그것은 대체 귀찮기도 하려니와 한잠 자고 일어나는 나는 사뭇 딴 사람처럼 이것도 저것도 다 깨끗이 잊어버리고 그만 두는 까닭이다.

내객들이 돌아가고, 혹 외출에서 돌아오고 하면 아내는 간편한 것으로 옷을 바꾸어 입고 내 방으로 나를 찾아온다. 그리고 이불을 들치고 내 귀에는 영 생동생동한 몇 마디 말로 나를 위로하려든다. 나는 조소도 고소도 홍소도 아닌 웃음을 얼굴에 띠고 아내의 아름다운 얼굴을 쳐다본다. 아내는 방그레 웃는다. 그러나 그 얼굴에 떠도는 일말의 애수를 나는 놓치지 않는다.

아내는 능히 내가 배고파하는 것을 눈치 챌 것이다. 그러나 아랫방에서 먹고 남은 음식을 나에게 주려 들지는 않는다. 그것은 어디까지든지 나를 존경하는 마음일 것임에 틀림없다. 나는 배가 고프면서도 적이 마음이 든든한 것을 좋아했다. 아내가 무엇이라고 지껄이고 갔는지 귀에 남아 있을 리가 없다. 다만 내 머리맡에 아내가 놓고 간 은화가 전등불에 흐릿하게 빛나고 있을 뿐이다.

고 금고형 벙어리 속에 은화가 얼마만큼이나 모였을까? 나는 그러나 그것을 쳐들어 보지 않았다. 그저 아무런 의욕도 기원도 없이 그 단춧구멍처럼 생긴 틈바구니로 은화를 떨어뜨려 둘 뿐이었다.

왜 아내의 내객들이 아내에게 돈을 놓고 가나 하는 것이 풀 수 없는 의문인 것같이, 왜 아내는 나에게 돈을 놓고 가나 하는 것도 역시 나에게는 똑같이 풀 수 없는 의문이었다.

내 비록 아내가 내게 돈을 놓고 가는 것이 싫지 않았다 하더라도 그것은 다만 고것이 내 손가락 닿는 순간에서부터 고 벙어리 주둥이에서 자취를 감추기까지의 하잘 것 없는 짧은 촉각이 좋았달 뿐이지 그 이상 아무 기쁨도 없다.

어느 날 나는 고 벙어리를 변소에 갖다 넣어 버렸다. 그때 벙어리 속에는 몇 푼이나 되는지 모르겠으나 고 은화들이 꽤 들어 있었다.

나는 내가 지구 위에 살며 내가 이렇게 살고 있는 지구가 질풍신뢰의 속력으로 광대무변의 공간을 달리고 있다는 것을 생각했을 때 참 허망하였다. 나는 이렇게 부지런한 지구 위에서는 현기증도 날 것 같고 해서 한시바삐 내려 버리고 싶었다.

이불 속에서 이런 생각을 하고 난 뒤에는 나는 고 은화를 고 벙어리에 넣고 넣고 하는 것조차 귀찮아졌다. 나는 아내가 손수 벙어리를 사용하였으면 하고 생각하였다.

벙어리도 돈도 사실은 아내에게만 필요한 것이지 내게는 애초부터 의미가 전연 없는 것이었으니까 될 수만 있으면 그 벙어리를 아내는 아내 방으로 가져갔으면 하고 기다렸다.

그러나 아내는 가져가지 않는다. 나는 내가 아내 방으로 가져다 둘까 하고 생각하여 보았으나 그즈음에는 아내의 내객이 워낙 많아서 내가 아내 방에 가 볼 기회가 도무지 없었다. 그래서 나는 하는 수 없이 변소에 갖다 집어넣어 버리고 만 것이다.

나는 서글픈 마음으로 아내의 꾸지람을 기다렸다. 그러나 아내는 끝내 아무 말도 하지 않았다.

않았을 뿐 아니라 여전히 돈은 돈대로 머리맡에 놓고

가지 않나! 내 머리맡에는 어느덧 은화가 꽤 많이 모였다.

내객이 아내에게 돈을 놓고 가는 것이나 아내가 내게 돈을 놓고 가는 것이나 일종의 쾌감 — 그 외의 다른 아무런 이유도 없는 것이 아닐까 하는 것을 나는 또 이불 속에서 연구하기 시작하였다.

쾌감이라면 어떤 종류의 쾌감일까를 계속하여 연구하였다. 그러나 그것은 이불 속의 연구로는 알 길이 없었다. 쾌감, 쾌감, 하고 나는 뜻밖에도 이 문제에 대해서만 흥미를 느꼈다.

아내는 물론 나를 늘 감금하여 두다시피 하여 왔다. 내게 불평이 있을 리 없다. 그런 중에도 나는 그 쾌감이라는 것의 유무를 체험하고 싶었다.

나는 아내의 밤 외출 틈을 타서 밖으로 나왔다. 나는 거리에서 잊어버리지 않고 가지고 나온 은화를 지폐로 바꾼다. 오 원이나 된다. 그것을 주머니에 넣고 나는 목적지를 잃어버리기 위하여 얼마든지 거리를 쏘다녔다. 오래간만에 보는 거리는 거의 경이에 가까울 만큼 내 신경을 흥분시키지 않고는 마지않았다. 나는 금시에 피곤하여 버렸다.

그러나 나는 참았다. 그리고 밤이 이슥하도록 까닭을

잃어버린 채 이 거리 저 거리로 지향 없이 헤매었다. 돈은 물론 한 푼도 쓰지 않았다. 돈을 쓸 아무 엄두도 나서지 않았다. 나는 벌써 돈을 쓰는 기능을 완전히 상실한 것 같았다.

나는 과연 피로를 이 이상 견디기가 어려웠다. 나는 가까스로 내 집을 찾았다. 나는 내 방을 가려면 아내 방을 통과하지 않으면 안 될 것을 알고, 아내에게 내객이 있나 없나를 걱정하면서 미닫이 앞에서 좀 거북살스럽게 기침을 한 번 했더니, 이것은 참 또 너무도 암상스럽게 미닫이가 열리면서 아내의 얼굴과 그 등 뒤에 낯선 남자의 얼굴이 이쪽을 내다보는 것이다. 나는 별안간 내어 쏟아지는 불빛에 눈이 부셔서 좀 머뭇머뭇했다.

나는 아내의 눈초리를 못 본 것은 아니다. 그러나 나는 모른 체하는 수밖에 없었다.

왜? 나는 어쨌든 아내의 방을 통과하지 아니하면 안 되니까…….

나는 이불을 뒤집어썼다. 무엇보다도 다리가 아파서 견딜 수가 없었다.

이불 속에서는 가슴이 울렁거리면서 암만해도 까무러칠 것만 같았다. 걸을 때는 몰랐더니 숨이 차다. 등에 식은땀이 쭉 내배인다. 나는 외출한 것을 후회하였다. 이런 피로를 잊고 어서 잠이 들었으면 좋았다. 한잠 잘 자고 싶었다.

얼마동안이나 비스듬히 엎드려 있었더니 차츰차츰 뚝딱 거리는 가슴 동계가 가라앉는다. 그만해도 우선 살 것 같았다. 나는 몸을 들쳐 반듯이 천장을 향하여 눕고 쭉 다리를 뻗었다.

그러나 나는 또 다시 가슴의 동계를 피할 수 없게 되었다. 아랫방에서 아내와 그 남자의 내 귀에도 들리지 않을 만큼 낮은 목소리로 소곤거리는 기척이 장지 틈으로 전하여 왔던 것이다. 청각을 더 예민하게 하기 위하여 나는 눈을 떴다. 그리고 숨을 죽였다.

그러나 그때는 벌써 아내와 남자는 앉았던 자리를 툭툭 털고 일어섰고 일어서면서 옷과 모자 쓰는 기척이 나는 듯하더니 이어 미닫이가 열리고 구두 뒤축 소리가 나고 그리고 뜰에 내려서는 소리가 쿵 하고 나면서 뒤를 따르는 아내의 고무신 소리가 두어 발짝 찍찍 나고 사뿐사뿐 나나 하는 사이에 두 사람의 발소리가 대문 쪽으로 사라졌다.

나는 아내의 이런 태도를 본 일이 없다. 아내는 어떤 사람과도 결코 소곤거리는 법이 없다. 나는 윗방에서 이불을 쓰고 누운 동안에도 혹 술이 취해서 혀가 잘 돌아가지 않는 내객들의 담화는 더러 놓치는 수가 있어도 아내의 높지도 낮지도 않은 말소리는 일찍이 한마디도 놓쳐본 일이 없다.

더러 내 귀에 거슬리는 소리가 있어도 나는 그것이 태연한 목소리로 내 귀에 들렸다는 이유로 충분히 안심이 되었다.

그렇던 아내의 이런 태도는 필시 그 속에 여간하지 않은 사정이 있는 듯시피 생각이 되고 내 마음은 좀 서운했으나 그보다도 나는 좀 너무 피로해서 오늘만은 이불 속에서 아무것도 연구하지 않기로 굳게 결심하고 잠을 기다렸다. 낮잠은 좀처럼 오지 않았다. 대문간에 나간 아내도 좀처럼 들어오지 않았다. 그러는 동안에 흐지부지 나는 잠이 들어 버렸다. 꿈이 얼쑹덜쑹 종을 잡을 수 없는 거리의 풍경을 여전히 헤매었다.

나는 몹시 흔들렸다. 내객을 보내고 들어온 아내가 잠든 나를 잡아 흔드는 것이다. 나는 눈을 번쩍 뜨고 아내의 얼굴을 쳐다보았다. 아내의 얼굴에는 웃음이 없다. 나는 좀 눈을 비비고 아내의 얼굴을 자세히 보았다. 노기가 눈초리에 떠서 얇은 입술이 바르르 떨린다. 좀처럼 이 노기가 풀리기는 어려울 것 같았다. 나는 그대로 눈을 감아 버렸다. 벼락이 내리기를 기다린 것이다. 그러나 쌔근 하는 숨소리가 나면서 부스스 아내의 치맛자락 소리가 나고 장지가 여닫히며 아내는 아내 방으로 돌아갔다.

나는 다시 몸을 돌쳐 이불을 뒤집어쓰고는 개구리처럼 엎드리고 엎드려서 배가 고픈 가운데도 오늘 밤의 외출을 또 한 번 후회하였다.

나는 이불 속에서 아내에게 사죄하였다. 그것은 네 오해라고……. 나는 사실 밤이 퍽 이슥한 줄만 알았던 것이다. 그것이 네 말마따나 자정 전인지는 정말이지 꿈에도 몰랐다. 나는 너무 피곤하였다. 오래간만에 나는 너무 많이 걸은 것이 잘못이다.

내 잘못이라면 잘못은 그것밖에 없다. 외출은 왜 하였더냐고? 나는 그 머리맡에 저절로 모인 오 원 돈을 아무에게라도 좋으니 주어보고 싶었던 것이다. 그뿐이다. 그러나 그것도 내 잘못이라면 나는 그렇게 알겠다. 나는 후회하고 있지 않나? 내가 그 오 원 돈을 써 버릴 수가 있었던들 나는 자정 안에 집에 돌아올 수 없었을 것이다. 그러나 거리는 너무 복잡하였고 사람은 너무도 들끓었다. 나는 어느 사람을 붙들고 그 오 원 돈을 내어 주어야 할지 갈피를 잡을 수가 없었다. 그러는 동안에 나는 여지없이 피곤해 버리고 말았던 것이다.

나는 무엇보다도 좀 쉬고 싶었다. 눕고 싶었다. 그래

서 나는 하는 수 없이 집으로 돌아온 것이다. 내 짐작 같아서는 밤이 어지간히 늦은 줄만 알았는데, 그것이 불행히도 자정 전이었다는 것은 참 안된 일이다. 미안한 일이다. 나는 얼마든지 사죄하여도 좋다. 그러나 종시 아내의 오해를 풀지 못하였다 하면 내가 이렇게까지 사죄하는 보람은 그럼 어디 있나? 한심하였다.

한 시간 동안을 나는 이렇게 초조하게 굴지 않으면 안 되었다. 나는 이불을 홱 젖혀 버리고 일어나서 장지를 열고 아내 방으로 비칠비칠 달려갔던 것이다. 내게는 거의 의식이라는 것이 없었다.

나는 아내 이불 위에 엎드러지면서 바지 포켓 속에서 그 돈 오 원을 꺼내 아내 손에 쥐어 준 것을 간신히 기억할 뿐이다.

이튿날 잠이 깨었을 때 나는 내 아내 방 아내 이불 속에 있었다. 이것이 이 삼십삼 번지에서 살기 시작한 이래 내가 아내 방에서 잔 맨 처음이었다.

해가 들창에 훨씬 높았는데 아내는 이미 외출하고 벌써 내 곁에 있지는 않다. 아니! 아내는 엊저녁 내가 의식을 잃은 동안에 외출한 것인지도 모른다. 그러나 나는 그런 것을 조사하고 싶지 않았다. 다만 전신이 찌뿌드드한 것이 손가락 하나 꼼짝할 힘조차 없었다. 책보보다 좀 작은 면적의 볕이 눈이 부시다. 그 속에서 수없이 먼지가 흡사 미생물처럼 난무한다. 코가 콱 막히는 것 같다. 나는 다시 눈을 감고 이불을 푹 뒤집어쓰고 낮잠을 자기에 착수하였다. 그러나 코를 스치는 아내의 체취는 꽤 도발적이었다. 나는 몸을 여러 번 여러 번 비비꼬면서 아내의 화장대에 늘어선 고 가지각색 화장품 병들의 마개를 뽑았을 때 풍기는 냄새를 더듬느라고 좀처럼 잠은 들지 않는 것을 나는 어찌하는 수도 없었다.

견디다 못하여 나는 그만 이불을 걷어차고 벌떡 일어나서 내 방으로 갔다. 내 방에는 다 식어빠진 내 끼니가 가지런히 놓여 있는 것이다. 아내는 내 모이를 여기다 두고 나간 것이다. 나는 우선 배가 고팠다. 한 숟갈을 입에 떠 넣었을 때 그 촉감은 참 너무도 냉회와 같이 써늘하였다. 나는 숟갈을 놓고 내 이불 속으로 들어갔다. 하룻밤을 비었던 내 이부자리는 여전히 반갑게 나를 맞아 준다. 나는 내 이불을 뒤집어쓰고 이번에는 참 늘어지게 한잠 잤다. 잘—

내가 잠을 깬 것은 전등이 켜진 뒤다. 그러나 아내는 아직도 돌아오지 않았나보다.

아니! 돌아왔다 또 나갔는지 알 수 없다. 그러나 그런 것을 상고하여 무엇 하나? 정신이 한결 난다. 나는 밤일을 생각해 보았다. 그 돈 오 원을 아내 손에 쥐어 주고 넘어졌을 때에 느낄 수 있었던 쾌감을 나는 무엇이라고 설명할 수가 없었다. 그러나 내객들이 내 아내에게 돈 놓고 가는 심리며 내 아내가 내게 돈 놓고 가는 심리의 비밀을 나는 알아낸 것 같아서 여간 즐거운 것이 아니다.

나는 속으로 빙그레 웃어 보았다.

이런 것을 모르고 오늘까지 지내온 내 자신이 어떻게 우스꽝스럽게 보이는지 몰랐다.

따라서 나는 또 오늘 밤에도 외출하고 싶었다. 그러나 돈이 없다. 나는 또 엊저녁에 그 돈 오 원을 한꺼번에 아내에게 주어 버린 것을 후회하였다. 또 고 벙어리를 변소에 갖다 처넣어 버린 것도 후회하였다. 나는 실없이 실망하면서 습관처럼 그 돈 오 원이 들어 있던 내 바지 포켓에 손을 넣어 한번 휘둘러보았다. 뜻밖에도 내 손에 쥐어지는 것이 있었다. 이 원밖에 없다. 그러나 많아야 맛은 아니다. 얼마간이고 있으면 된다. 나는 그만한 것이 여간 고마운 것이 아니었다.

나는 기운을 얻었다. 나는 그 단벌 다 떨어진 코르텐 양복을 걸치고 배고픈 것도 주제 사나운 것도 다 잊어버리고 활갯짓을 하면서 또 거리로 나섰다. 나서면서 나는 제발 시간이 화살 단 듯해서 자정이 어서 확 지나 버렸으면 하고 조바심을 태웠다. 아내에게 돈을 주고 아내 방에서 자 보는 것은 어디까지든지 좋았지만 만일 잘못해서 자정 전에 집에 들어갔다가 아내의 눈총을 맞는 것은 그 것은 여간 무서운 일이 아니었다.

나는 저물도록 길가 시계를 들여다보고 들여다보고 하면서 또 지향 없이 거리를 방황하였다. 그러나 이날은 좀처럼 피곤하지는 않았다. 다만 시간이 좀 너무 더디게 가는 것만 같아서 안타까웠다.

경성역(京城驛) 시계가 확실히 자정을 지난 것을 본 뒤에 나는 집을 향하였다. 그날은 그 일각대문에서 아내와 아내의 남자가 이야기하고 서 있는 것을 만났다. 나는 모른 체하고 두 사람 곁을 지나서 내 방으로 들어갔다. 뒤이어 아내도 들어왔다. 와서는 이 밤중에 평생 안 하던 쓰레질을 하는 것이었다. 조금 있다가 아내가 눕는 기척을 엿보자마자 나는 또 장지를 열고 아내 방으로 가서 그 돈 이 원을 아내 손에 덥석 쥐어 주고 그리고— 하여간 그 이 원을 오늘 밤에도 쓰지 않고 도로 가져온 것이 참 이상하다는 듯이 아내는 내 얼굴을 몇 번이고 엿보고— 아내는 드디어 아무 말도 없이 나를 자기 방에 재워 주었다. 나는 이 기쁨을 세상의 무엇과도 바꾸고 싶지는 않았다. 나는 편히 잘 잤다.

이튿날도 내가 잠이 깨었을 때는 아내는 보이지 않았다. 나는 또 내 방으로 가서 피곤한 몸이 낮잠을 잤다. 내가 아내에게 흔들려 깨었을 때는 역시 불이 들어온 뒤였다. 아내는 자기 방으로 나를 오라는 것이다. 이런 일은 또 처음이다. 아내는 끊임없이 얼굴에 미소를 띠고 내 팔을 이끄는 것이 다. 나는 이런 아내의 태도 이면에 엔간치 않은 음모가 숨어 있지나 않은가 하고 적이 불안을 느끼지 않을 수 없었다.

나는 아내의 하자는 대로 아내의 방으로 끌려갔다. 아내 방에는 저녁 밥상이 조촐하게 차려져 있는 것이다. 생각하여 보면 나는 이틀을 굶었다. 나는 지금 배고픈 것까지도 긴가 민가 잊어버리고 어름어름하던 차다.

나는 생각하였다. 이 최후의 만찬을 먹고 나자마자 벼락이 내려도 나는 차라리 후회하지 않을 것을. 사실 나는 인간 세상이 너무나 심심해서 못 견디겠던 차다. 모든 것이 성가시고 귀찮았으나 그러나 불의의 재난이라는 것은 즐겁다.

나는 마음을 턱 놓고 조용히 아내와 마주 이 해괴한 저녁밥을 먹었다.

우리 부부는 이야기하는 법이 없었다. 밥을 먹은 뒤에도 나는 말이 없이 부스스 일어나서 내 방으로 건너가 버렸다. 아내는 나를 붙잡지 않았다. 나는 벽에 기대어 앉아서 담배를 한 대 피워 물고 그리고 벼락이 떨어질 테거든 어서 떨어져라 하고 기다렸다.

오 분! 십 분!

그러나 벼락은 내리지 않았다. 긴장이 차츰 풀어지기 시작한다. 나는 어느덧 오늘 밤에도 외출할 것을 생각하고 있었다. 돈이 있었으면 하고 생각하고 있었다.

그러나 돈은 확실히 없다. 오늘은 외출하여도 나중에 올 무슨 기쁨이 있나? 내 앞이 그저 아뜩하였다. 나는 화가 나서 이불을 뒤집어쓰고 이리 뒹굴 저리 뒹굴 굴렀다. 금시 먹은 밥이 목으로 자꾸 치밀어 올라온다. 메스꺼웠다.

하늘에서 얼마라도 좋으니 왜 지폐가 소낙비처럼 퍼붓지 않나? 그것이 그저 한없이 야속하고 슬펐다.

나는 이렇게밖에 돈을 구하는 아무런 방법도 알지는 못했다. 나는 이불 속에서 좀 울었나 보다.

왜 없느냐면서…….

그랬더니 아내가 또 내 방에를 왔다. 나는 깜짝 놀라 아마 이제야 벼락이 내리려 나보다 하고 숨을 죽이고 두꺼비 모양으로 엎드려 있었다. 그러나 떨어진 입을 새어 나오는 아내의 말소리는 참 부드러웠다. 정다웠다. 아내

는 내가 왜 우는지를 안다는 것이다. 돈이 없어서 그러는
게 아니란다.

　나는 실없이 깜짝 놀랐다. 어떻게 사람의 속을 환하게
들여다보는고 해서 나는 한편으로 슬그머니 겁도 안 나
는 것은 아니었으나 저렇게 말하는 것을 보면 아마 내게
돈을 줄 생각이 있나보다. 만일 그렇다면 오죽이나 좋은
일일까. 나는 이불 속에 뚤뚤 말린 채 고개도 들지 않고
아내의 다음 거동을 기다리고 있으니까 '옛소'하고 내 머
리맡에 내려뜨리는 것은 그 가뿐한 음향으로 보아 지폐
에 틀림없었다. 그리고 내 귀에다 대고 오늘일랑 어제보
다도 늦게 돌아와도 좋다고 속삭이는 것이다.

　그것은 어렵지 않다. 우선 그 돈이 무엇보다도 고맙고
반가웠다.

　어쨌든 나섰다. 나는 좀 야맹증이다. 그래서 될 수 있
는 대로 밝은 거리로 돌아다니기로 했다.

　그리고는 경성역 일 이등 대합실 한 곁 티이루움에를
들렀다. 그것은 내게는 큰 발견이었다. 거기는 우선 아무
도 아는 사람이 안 온다. 설사 왔다가도 곧 돌아가니까
좋다. 나는 날마다 여기 와서 시간을 보내리라 속으로 생
각하여 두었다. 제일 여기 시계가 어느 시계보다도 정확
하리라는 것이 좋았다. 섣불리 서투른 시계를 보고 그것

을 믿고 시간 전에 집에 돌아갔다가 큰 코를 다쳐서는 안 된다.

나는 한 복스에 아무것도 없는 것과 마주 앉아서 잘 끓은 커피를 마셨다. 총총한 가운데 여객들은 그래도 한 잔 커피가 즐거운가보다. 얼른얼른 마시고 무얼 좀 생각하는 것같이 담벼락도 좀 쳐다보고 하다가 곧 나가 버린다. 서글프다. 그러나 내게는 이 서글픈 분위기가 거리의 티이루움들의 그 거추장스러운 분위기보다는 절실하고 마음에 들었다. 이따금 들리는 날카로운 혹은 우렁찬 기적 소리가 모오짜르트보다도 더 가깝다.

나는 메뉴에 적힌 몇 가지 안 되는 음식 이름을 치읽고 내리읽고 여러 번 읽었다. 그 것들은 아물아물하는 것이 어딘가 내 어렸을 때 동무들 이름과 비슷한 데가 있었다.

거기서 얼마나 내가 오래 앉았는지 정신이 오락가락하는 중에 객이 슬며시 뜸해지면서 이 구석 저 구석 걷어치우기 시작하는 것을 보면 아마 닫는 시간이 된 모양이다. 열한 시가 좀 지났구나, 여기도 결코 내 안주의 곳은 아니구나, 어디 가서 자정을 넘길까? 두루 걱정을 하면서 나는 밖으로 나섰다. 비가 온다.

빗발이 제법 굵은 것이 우비도 우산도 없는 나를 고생

을 시킬 작정이다. 그렇다고 이런 괴이한 풍모를 차리고 이 홀에서 어물어물하는 수도 없고 에이 비를 맞으면 맞았지 하고 그냥 나서 버렸다.

대단히 선선해서 견딜 수가 없다. 코르덴 옷이 젖기 시작하더니 나중에는 속속들이 스며들면서 치근거린다. 비를 맞아 가면서라도 견딜 수 있는 데까지 거리를 돌아다녀서 시간을 보내려 하였으나, 인제는 선선해서 이 이상은 더 견딜 수가 없다. 오한이 자꾸 일어나면서 이가 딱딱 맞부딪는다. 나는 걸음을 늦추면서 생각하였다. 오늘 같은 궂은 날도 아내에게 내객이 있을라고? 없겠지, 하는 생각이 드는 것이다.

집으로 가야겠다. 아내에게 불행히 내객이 있거든 내 사정을 하리라. 사정을 하면 이렇게 비가 오는 것을 눈으로 보고 알아주겠지.

부리나케 와 보니까 그러나 아내에게는 내객이 있었다. 나는 너무 춥고 척척해서 얼떨결에 노크 하는 것을 잊었다. 그래서 나는 보면 아내가 덜 좋아할 것을 그만 보았다.

나는 감발자국 같은 발자국을 내면서 덤벙덤벙 아내 방을 디디고 내 방으로 가서 쭉 빠진 옷을 활활 벗어 버리고 이불을 뒤썼다. 덜덜덜덜 떨린다. 오한이 점점 더

심해 들어온다. 여전 땅이 꺼져 들어가는 것만 같았다. 나는 그만 의식을 잃어버리고 말았다.

이튿날 내가 눈을 떴을 때 아내는 내 머리맡에 앉아서 제법 근심스러운 얼굴이다.

나는 감기가 들었다. 여전히 으스스 춥고 또 골치가 아프고 입에 군침이 도는 것이 씁쓸하면서 다리팔이 척 늘어져서 노곤하다. 아내는 내 머리를 쓱 짚어 보더니 약을 먹어야지 한다. 아내 손이 이마에 선뜻한 것을 보면 신열이 어지간한 모양인데 약을 먹는다면 해열제를 먹어야지 하고 속생각을 하자니까 아내는 따뜻한 물에 하얀 정제약 네 개를 준다. 이것을 먹고 한잠 푹 자고 나면 괜찮다는 것이다. 나는 널름 받아먹었다. 쌉싸래한 것이 짐작 같아서는 아마 아스피린인가 싶다.

나는 다시 이불을 쓰고 단번에 그냥 죽은 것처럼 잠이 들어 버렸다.

나는 콧물을 훌쩍훌쩍 하면서 여러 날을 앓았다. 앓는 동안에 끊이지 않고 그 정제약을 먹었다.

그러는 동안에 감기도 나았다. 그러나 입맛은 여전히 소태처럼 썼다.

나는 차츰 또 외출하고 싶은 생각이 났다. 그러나 아내는 나더러 외출하지 말라고 이르는 것이다. 이 약을 날마다 먹고 그리고 가만히 누워 있으라는 것이다. 공연히 외출을 하다가 이렇게 감기가 들어서 저를 고생시키는 게 아니란다. 그도 그렇다. 그럼 외출을 하지 않겠다고 맹세하고 그 약을 연복하여 몸을 좀 보해 보리라고 나는 생각하였다.

나는 날마다 이불을 뒤집어쓰고 밤이나 낮이나 잤다. 유난스럽게 밤이나 낮이나 졸려서 견딜 수가 없는 것이다. 나는 이렇게 잠이 자꾸만 오는 것은 내가 몸이 훨씬 튼튼해진 증거라고 굳게 믿었다.

나는 아마 한 달이나 이렇게 지냈나보다. 내 머리와 수염이 좀 너무 자라서 후틋해서 견딜 수가 없어서 내 거울을 좀 보리라고 아내가 외출한 틈을 타서 나는 아내 방으로 가서 아내의 화장대 앞에 앉아 보았다. 상당하다. 수염과 머리가 참 상당하였다.

오늘은 이발을 좀 하리라고 생각하고 겸사겸사 고 화장품 병들 마개를 뽑고 이것저것 맡아 보았다. 한동안 잊어버렸던 향기 가운데서는 몸이 배배 꼬일 것 같은 체취가 전해 나왔다. 나는 아내의 이름을 속으로만 한 번 불러 보았다. "연심이—"하고……. 오래간만에 돋보기 장난도 하였다. 거울 장난도 하였다. 창에 든 볕이 여간 따뜻한 것이 아니었다. 생각하면 오월이 아니냐.

나는 커다랗게 기지개를 한 번 켜 보고 아내 베개를 내려 베고 벌떡 자빠져서는 이렇게도 편안하고 즐거운 세월을 하느님께 흠씬 자랑하여 주고 싶었다. 나는 참 세상의 아무것과도 교섭을 가지지 않는다. 하느님도 아마 나를 칭찬할 수도 처벌할 수도 없는 것 같다.

그러나 다음 순간 실로 세상에도 이상스러운 것이 눈에 띄었다. 그것은 최면약 아달린 갑이었다.

나는 그것을 아내의 화장대 밑에서 발견하고 그것이 흡사 아스피린처럼 생겼다고 느꼈다. 나는 그것을 열어 보았다. 꼭 네 개가 비었다.

나는 오늘 아침에 네 개의 아스피린을 먹은 것을 기억하고 있었다. 나는 잤다. 어제도 그제도 그끄제도…… 나는 졸려서 견딜 수가 없었다. 나는 감기가 다 나았는데도…… 아내는 내게 아스피린을 주었다. 내가 잠이 든 동안에 이웃에 불이 난 일이 있다. 그때에도 나는 자느라고 몰랐다. 이렇게 나는 잤다. 나는 아스피린으로 알고 그럼 한 달 동안을 두고 아달린을 먹어온 것이다. 이것은 좀 너무 심하다.

별안간 아뜩하더니 하마터면 나는 까무러칠 뻔하였다. 나는 그 아달린을 주머니에 넣고 집을 나섰다. 그리고 산을 찾아 올라갔다.

인간 세상의 아무것도 보기가 싫었던 것이다. 걸으면서 나는 아무쪼록 아내에 관계되는 일은 일 체 생각하지 않도록 노력하였다. 길에서 까무러치기 쉬우니까다. 나는 어디라도 양지가 바른 자리를 하나 골라 자리를 잡아 가지고 서서히 아내에 관하여서 연구할 작정이었다. 나는 길가의 돌 장판, 구경도 못한 진개나리꽃, 종달새, 돌멩이도 새끼를 까는 이야기, 이런 것만 생각하였다. 다행히 길가에서 나는 졸도하지 않았다.

거기는 벤치가 있었다. 나는 거기 정좌하고 그리고 그 아스피린과 아달린에 관하여 연구하였다.

그러나 머리가 도무지 혼란하여 생각이 체계를 이루지 않는다. 단 오 분이 못가서 나는 그만 귀찮은 생각이 번쩍 들면서 심술이 났다. 나는 주머니에서 가지고 온 아달린을 꺼내 남은 여섯 개를 한꺼번에 질겅질겅 씹어 먹어 버렸다. 맛이 익살맞다. 그러고 나서 나는 그 벤치 위에 가로 기다랗게 누웠다. 무슨 생각으로 내가 그 따위 짓을 했나, 알 수가 없다. 그저 그러고 싶었다. 나는 게서 그냥 깊이 잠이 들었다. 잠결에도 바위틈으로 흐르는 물소리가 졸졸 하고 언제까지나 귀에 어렴풋이 들려왔다.

내가 잠을 깨었을 때는 날이 환히 밝은 뒤다. 나는 거기서 일주야를 잔 것이다. 풍경이 그냥 노오랗게 보인다.

그 속에서도 나는 번개처럼 아스피린과 아달린이 생각났다.

아스피린, 아달린, 아스피린, 아달린, 마르크, 말사스, 마도로스, 아스피린, 아달린…… 아내는 한 달 동안 아달린을 아스피린이라고 속이고 내게 먹였다.

그것은 아내 방에서 이 아달린 갑이 발견된 것으로 미루어 증거가 너무나 확실하다.

무슨 목적으로 아내는 나를 밤이나 낮이나 재웠어야 됐나? 나를 밤이나 낮이나 재워 놓고, 그리고 아내는 내가 자는 동안에 무슨 짓을 했나? 나를 조금씩 조금씩 죽이려던 것일까? 그러나 또 생각하여 보면 내가 한 달을 두고 먹어 온 것이 아스피린이었는지도 모른다. 아내는 무슨 근심되는 일이 있어서 밤이면 잠이 잘 오지 않아서 정작 아내가 아달린을 사용한 것이나 아닌지? 그렇다면 나는 참 미안하다. 나는 아내에게 이렇게 큰 의혹을 가졌다는 것이 참 안됐다.

나는 그래서 부리나케 거기서 내려왔다. 아랫도리가 횡횡 내어 저이면서 어찔어찔한 것을 나는 겨우 집을 향하여 걸었다. 여덟 시 가까이였다.

나는 내 잘못된 생각을 죄다 일러바치고 아내에게 사죄하려는 것이다. 나는 너무 급해서 그만 또 말을 잊어버렸다. 그랬더니 이건 참 큰일 났다. 나는 내 눈으로 절대로 보아서 안 될 것을 그만 딱 보아 버리고 만 것이다.

나는 얼떨결에 그만 냉큼 미닫이를 닫고 그리고 현기증이 나는 것을 진정시키느라고 잠깐 고개를 숙이고 눈을 감고 기둥을 짚고 섰자니까, 일 초 여유도 없이 홱 미닫이가 다시 열리더니 매무새를 풀어헤친 아내가 불쑥 내밀면서 내 멱살을 잡는 것이다. 나는 그만 어지러워서 게가 나둥그러졌다.

그랬더니 아내는 넘어진 내 위에 덮치면서 내 살을 함부로 물어뜯는 것이다. 아파 죽겠다. 나는 사실 반항할 의사도 힘도 없어서 그냥 넙적 엎드려 있으면서 어떻게 되나 보고 있자니까, 뒤이어 남자가 나오는 것 같더니 아내를 한 아름에 덥석 안아 가지고 방으로 들어가는 것이다. 아내는 아무 말 없이 다소곳이 그렇게 안겨 들어가는 것이 내 눈에 여간 미운 것이 아니다. 밉다.

아내는 너 밤새워 가면서 도둑질하러 다니느냐, 계집질하러 다니느냐고 발악이다. 이것은 참 너무 억울하다. 나는 어안이 벙벙하여 도무지 입이 떨어지지를 않았다. 너는 그야말로 나를 살해하려던 것이 아니냐고 소리를 한 번 꽥 질러 보고도 싶었으나, 그런 긴가민가한 소리를 섣불리 입 밖에 내었다가는 무슨 화를 볼는지 알 수 없

다. 차라리 억울하지만 잠자코 있는 것이 우선 상책인 듯
싶은 생각이 들길래, 나는 이것은 또 무슨 생각으로 그랬
는지 모르지만 툭툭 떨고 일어나서 내 바지 포켓 속에 남
은 돈 몇 원 몇 십 전을 가만히 꺼내서는 몰래 미닫이를
열고 살며시 문지방 밑에다 놓고 나서는, 나는 그냥 줄
달음박질을 쳐서 나와 버렸다.

여러 번 자동차에 치일 뻔하면서 나는 그래도 경성역
으로 찾아갔다. 빈자리와 마주 앉아서 이 쓰디쓴 입맛을
거두기 위하여 무엇으로나 입가심을 하고 싶었다.

커피! 좋다. 그러나 경성역 홀에 한 걸음 들여 놓았
을 때 나는 내 주머니에는 돈이 한 푼도 없는 것을 그것
을 깜박 잊었던 것을 깨달았다. 또 아뜩하였다. 나는 어
디선가 그저 맥없이 머뭇머뭇하면서 어쩔 줄을 모를 뿐
이었다. 얼빠진 사람처럼 그저 이리 갔다 저리 갔다 하면
서……

나는 어디로 어디로 들입다 쏘다녔는지 하나도 모른
다. 다만 몇 시간 후에 내가 미쓰꼬시 옥상에 있는 것을
깨달았을 때는 거의 대낮이었다.

나는 거기 아무 데나 주저앉아서 내 자라 온 스물여섯
해를 회고하여 보았다. 몽롱한 기억 속에서는 이렇다는
아무 제목도 불거져 나오지 않았다.

나는 또 내 자신에게 물어 보았다. 너는 인생에 무슨 욕심이 있느냐고, 그러나 있다고도 없다고도 그런 대답은 하기가 싫었다. 나는 거의 나 자신의 존재를 인식하기조차도 어려웠다.

허리를 굽혀서 나는 그저 금붕어를 들여다보고 있었다. 금붕어는 참 잘들도 생겼다. 작은놈은 작은놈대로 큰놈은 큰놈대로 다 싱싱하니 보기 좋았다. 내려 비치는 오월 햇살에 금붕어들은 그릇 바탕에 그림자를 내려뜨렸다. 지느러미는 하늘하늘 손수건을 흔드는 흉내를 낸다. 나는 이 지느러미 수효를 헤어 보기도 하면서 굽힌 허리를 좀처럼 펴지 않았다. 등이 따뜻하다.

나는 또 오탁의 거리를 내려다보았다. 거기서는 피곤한 생활이 똑 금붕어 지느러미처럼 흐늑흐늑 허우적거렸다. 눈에 보이지 않는 끈적끈적한 줄에 엉켜서 헤어나지들을 못한다. 나는 피로와 공복 때문에 무너져 들어가는 몸뚱이를 끌고 그 오탁의 거리 속으로 섞여 가지 않는 수도 없다 생각하였다.

나서서 나는 또 문득 생각하여 보았다. 이 발길이 지금 어디로 향하여 가는 것인가를……. 그때 내 눈앞에는 아내의 모가지가 벼락처럼 내려 떨어졌다. 아스피린과 아달린.

우리들은 서로 오해하고 있느니라. 설마 아내가 아스피린 대신에 아달린의 정량을 나에게 먹여 왔을까? 나는 그것을 믿을 수는 없다. 아내가 대체 그럴 까닭이 없을 것이니, 그러면 나는 날밤을 새면서 도둑질을 계집질을 하였나? 정말이지 아니다.

우리 부부는 숙명적으로 발이 맞지 않는 절름발이인 것이다. 내나 아내나 제 거동에 로직을 붙일 필요는 없다. 변해할 필요도 없다. 사실은 사실대로 오해는 오해대로 그저 끝없이 발을 절뚝거리면서 세상을 걸어가면 되는 것이다. 그렇지 않을까?

그러나 나는 이 발길이 아내에게로 돌아가야 옳은가 이것만은 분간하기가 좀 어려웠다. 가야 하나? 그럼 어디로 가나?

이때 뚜우 하고 정오 사이렌이 울었다. 사람들은 모두 네 활개를 펴고 닭처럼 푸드덕거리는 것 같고 온갖 유리와 강철과 대리석과 지폐와 잉크가 부글부글 끓고 수선을 떨고 하는 것 같은 찰나! 그야말로 현란을 극한 정오다.

나는 불현듯 겨드랑이가 가렵다. 아하, 그것은 내 인공의 날개가 돋았던 자국이다. 오늘은 없는 이 날개. 머릿속에서는 희망과 야심이 말소된 페이지가 딕셔너리 넘어

가듯 번뜩였다.

　나는 걷던 걸음을 멈추고 그리고 일어나 한 번 이렇게
외쳐 보고 싶었다.

　날개야 다시 돋아라.

　날자. 날자. 한 번만 더 날자꾸나.

　한 번만 더 날아 보자꾸나.

# 단발

　그는 쓸데없이 자기가 애정의 거자(遽者)인 것을 자랑하려 들었고, 또 그러지 않고 그냥 있을 수가 없었다. 공연히 그는 서먹서먹하게 굴었다. 이렇게 함으로 자기의 불행에 고귀한 탈을 씌워 놓고 늘 인생에 한눈을 팔자는 것이었다.

　이런 그가 한 소녀와 천변(川邊)을 걸어가다가 그만 잘못해서 그의 소녀에게 대한 애욕을 지껄여 버리고 말았다.

　여기는 분명히 그의 음란한 충동 외에 다른 아무런 이유도 없다. 그러나 소녀는 그의 강렬한 체취와 악의의 태만에 역설적인 흥미를 느끼느라고 그냥 그저 흐리멍텅하게 그의 애정을 용납하였다는 자세를 취하여 두었다. 이것을 본 그는 곧 후회하였다. 그래서 그는 이중의 역어를 구사하여 동물적인 애정의 말을 거침없이 소녀 앞에 쏟고 쏟고 하였다. 그러면서도 그의 육체와 그 부속품은 이상스러울 만치 게을렀다.

소녀는 조금 왔다가 이 드문 애정의 형식에 그만 갈팡
질팡하기 시작하였다. 그리고는 내심 이 남자를 어디까
지든지 천하게 대접했다. 그랬더니 또 그는 옳지 하고 카
멜레온처럼 태도를 바꾸어서 소녀에게 하루라도 얼른 애
인이 생기기를 희망한다는 둥 하여 가면서 스스럽게 구
는 것이었다.

소녀의 눈은 이번 허위가 그대로 무사히 지나갈 수가
없었다. 투시(透視)한 소녀의 눈이 오만을 장치하기 시작
하였다. 그러기 위한 세상의 '교심(驕心)한 여인'으로서의
구실을 찾아 놓고 소녀는 빙그레 웃었다.

"세상 사람들이 모두 연(衍)씨를 욕허니까 어디 제가
고쳐 드리지요. 연씨는 정말 악인인지두 모르니까요."

이런 소녀의 말버릇에 그는 가슴이 뜨끔했다. 그냥 코
웃음으로 대접할 일이 못 된다.

왜? 사실 그는 무슨 그렇게 세상 사람들에게 욕을 먹
고 있는 것도 아닐 뿐만 아니라 악인일 것도 없었다. 말
하자면 애호하는 가면을 도적을 맞는 위에 그 가면을 뒤
집어 이용당하면서 놀림감이 되고 말 것밖에 없다.

그러나 그러고 해서 소녀에게 자그마한 욕구가 없는
바는 아니었다. 아니 차라리 이것은 한 무적 '에고이스

트'가 할 수 있는 최대 욕구이었는지도 모른다.

그는 결코 고독 가운데서 제법 하수(下手)할 수 있는 진짜 염세주의자는 아니었다. 그의 체취처럼 그의 몸뚱이에 붙어 다니는 염세주의라는 것은 어디까지든지 게으른 성격이요. 게다가 남의 염세주의는 어느 때나 우습게 알려 드는 참 고약한 아리아욕(我利我慾)의 염세주의였다.

죽음은 식전의 담배 한 모금보다도 쉽다. 그렇건만 죽음은 결코 그의 창호(窓戶)를 두드릴 리가 없으리라고 미리 넘겨짚고 있는 그였다. 그러나 다만 하나 이 예외가 있는 것을 인정한다.

A double suicide.

그것은 그러나 결코 애정의 방해를 받아서는 안 된다는 조건이 붙는다. 다만 아무것도 이해하지 말고 서로서로 '스프링보드' 노릇만 하는 것으로 충분히 이용할 것을 희망한다. 그들은 또 유서를 쓰겠지. 그것은 아마 힘써 화려한 애정과 염세의 문자로 가득 차도록 하는 것인가 보다.

이렇게 세상을 속이고 일부러 자기를 속임으로 하여

본연의 자기를, 얼른 보기에 고귀하게 꾸미자는 것이다. 그러나 가뜩이나 애정이라는 것에 서먹서먹하게 굴며 생활하여 오고 또 오는 그에게 그런 마침 기회가 올까 싶지도 않다.

당연히 오지 않을 것인데도 뜻밖에 그가 소녀에게 가지는 감정 가운데 좀 세속적인 애정에 가까운 요소가 섞인 것을 알아차리자 그 때문에 몹시 자존심이 상하지나 않았나 하고 위구(危懼)하고 또 쩔쩔매었다. 이것이 엔간치 않은 힘으로 그의 정신생활을 섣불리 건드리기 전에 다른 가장 유효한 결과를 예기하는 처벌을 감행치 않으면 안 될 것을 생각하고 좀 무리인 줄은 알면서 노름하는 셈치고 소녀에게 double suicide를 프러포즈하여 본 것이었다.

되어도 그만 안 되어도 그만 편리한 도박이다. 되면 식전의 담배 한 모금이요. 안 되면 소녀를 회피하는 구실을 내외에 선고할 수 있지 않느냐는 것이다.

거기는 좀 너무 어두운 그런 속에서 그것은 조인된 일이라 소녀가 어떤 표정을 하나 자세히 볼 수는 없으나 그의 이런 도박적 심리는 그의 앞에서 늘 태연한 이 소녀를 어디 한번 마음껏 놀려먹을 수 있었대서 속으로 시원해하였다. 그런데 나온 패(牌)는 역시 '노'였다. 그는 후—

한번 한숨을 쉬어 보고 말은 없이 몸짓으로만,

"혼자 죽을 수 있는 수양을 허지."

이렇게 한번 배를 퉁겨 보았다. 그러나 이것 역시 빨간 거짓인 것은 물론이다.

황량한 방풍림(防風林) 가운데 저녁노을을 멀거니 바라다보고 서 있는 소녀의 모양이 퍽 아팠다.

늦은 가을이라기보다 첫겨울 저물 게 강을 건너서 부첩(符牒)과 같은 검은빛 새들이 떼를 지어 날았다. 그러나 발아래 낙엽 속에서 거의 생물이랄 만한 생물을 찾아볼 수조차 없는 참 적멸의 인외경(人外境)이었다.

"싫습니다. 불행을 짊어지고 살아가는 것이 제게는 더 없는 매력입니다. 그렇게 내어버리고 싶은 생명이거든 제게 좀 빌려 주시지요."

연애보다도 한 구(句) 위티시즘(경구)을 더 좋아하는 그였다. 그런 그가 이때만은 풍경에 자칫하면 패배할 것 같기만 해서 갈팡질팡 그 자리를 피해 보았다.

소녀는 그때부터 그를 경멸하였다느니보다는 차라리 염오하는 편이었다. 그의 틈바구니 투성이의 점잖으려는 재능을 향하여 소녀의 침착한 재능의 창(槍) 끝이 걸핏하면 침략하여 왔다.

오월이 되어서 한 돌발사건이 이들에게 있었다. 소녀

의 단 하나의 동지 소녀의 오빠가 소녀로부터 이반(離反)
하였다는 것이다. 오빠에게 소녀보다 세속적으로 훨씬
아름다운 애인이 생긴 것이다. 이 새 소녀는 그 오빠를
위하여 애정에 빛나는 눈동자를 가졌다. 이 소녀는 소녀
의 가까운 동무였다.

오빠에게 하루라도 빨리 애인이 생겼으면 하고 바랐
고 그래서 동무가 오빠를 사랑하였다고 오빠가 동생과의
굳은 약속을 저버려야 되나?

소녀는 비로소 '세월'이라는 것을 느꼈다. 소녀의 방심
을 어느 결에 통과해 버린 '세월'이 소녀로서는 차라리
자신에게 고소하였다.

고독— 그런 어느 날 밤 소녀는 고독 가운데서 그만
별안간 혼자 울었다. 깜짝 놀라 얼른 울음을 그쳤으나 이
것을 소녀는 자기의 어휘로 설명할 수 없었다.

이튿날 소녀는 그가 하자는 대로 교외 조용한 방에 그
와 대좌하여 보았다. 그는 또 그의 그 '위티시즘'과 '아이
러니'를 아무렇게나 휘두르며 산비(酸鼻)할 연막을 펴는
것이었다. 또 가장 이 소녀가 싫어하는 몸맵시로 넙죽 드
러누워서 그냥 사정없이 지껄여 대는 것이다. 이런 그 앞
에서 소녀도 인제는 어지간히 피곤하였던지 이런 소용없
는 감정의 시합은 여기쯤서 그만두어야겠다고 절실히 생

각하는 모양 같았다. 그러나 이런 경우에 소녀는 그에게
보다도 자기 자신에게 이기고 싶었다.

"인제 또 만나 뵙기 어려워요. 저는 내일 E하구 같이
동경으로 가요."

이렇게 아주 순량하게 도전하여 보았다. 그때 그는 아
마 이 도전의 상대가 분명히 그 자신인 줄만 잘못 알고
얼른 모가지 털을 불끈 일으키고 맞선다.

"그래? 그건 섭섭하군. 그럼 내 오늘 밤에 기념 스탬프
를 하나 찍기루 허지."

소녀는 가벼이 흥분하였고 고개를 아래위로 흔들어
보이기만 하였다. 얼굴이 소녀가 상기한 탓도 있었겠지
만 암만 보아도 이것은 가장 동물적인 동물 이외의 아무
것도 아니었다.

마지막 승부를 가릴 때가 되었나 보다. 소녀는 도리어
초조해하면서 기다렸다. 즉 도박적인 '성미'로!

(도박은 타기(唾棄)와 모멸(侮蔑)! 뿐이려나 보다.)

(그가 과연 그의 훈련된 동물성을 가지고 소녀 위에 스탬프
를 찍거든 소녀는 그가 보는 데서 그 스탬프와 얼굴 위에 침을
뱉는다. 그가 초조하면서도 결백한 체하고 말거든 소녀는 그의
비겁한 정도와 추악한 가면을 알알이 폭로한 후에 소인으로 천
대해 준다.)

그러나 아마 그가 좀 더 웃길 가는 배우였던지 혹 가련한 불감증이었던지 오전 한 시가 훨씬 지난 산길을 달빛을 받으며 그들은 내려왔다. 내려오면서 —어느 날 그는 이 길을 이렇게 내려오면서 소녀의 삼 전 우표처럼 얄팍한 입술에 그의 입술을 건드려 본 일이 있었건만 생각하여 보면 그것은 그저 입술이 서로 닿았었다 뿐이지— 아니 역시 서로 음모를 내포한 암중모색이었다. 두 사람은 서로 그리 부드럽지도 않은 피부를 느끼고 공기와 입술과의 따끈한 맛은 이렇게 다르구나를 시험한 데 지나지 않았다.

이 밤 소녀는 그의 거친 행동이 몹시 기다려졌다. 이것은 거의 역설적이었다. 안 만나기는 누가 안 만나하고 조심조심 걷는 사이에 그만 산길은 시가에 끝나고 시가도 그의 이런 행동에 과히 적당치 않다.

소녀는 골목 밖으로 지나가는 자동차의 '헤드라이트'를 보고 경칠 나 쪽에서 서둘러 볼까 까지 생각하여도 보았으나 그는 그렇게 초조한 듯한 데 그때만은 웬일인지 바늘귀만한 틈을 소녀에게 엿보이지 않는다. 그러느라고 그랬는지 걸으면서 그는 참 잔소리를 퍽 하였다.

"가령 자기가 제일 싫어하는 음식물을 상 찌푸리지 않고 먹어 보는 거 그래서 거기두 있는 '맛'인 '맛'을 찾아내구야 마는 거, 이게 말하자면 '패러독스'지. 요컨대 우리들은 숙명적으로 사상, 즉 중심이 있는 사상생활을 할 수가 없도록 돼먹었거든. 지성— 흥 지성의 힘으로 세상을 조롱할 수야 얼마든지 있지, 있지만 그게 그 사람의 생활을 '리드'할 수 있는 근본에 있을 힘이 되지 않는 걸 어떡허냐? 그러니까 선(仙)이나 내나 큰소리는 말아야 해. 일체 맹세하지 말자— 허는 게 즉 우리가 해야 할 맹세지."

소녀는 그만 속이 발끈 뒤집혔다. 이 씨름은 결코 여기서 그만둘 것이 아니라고 내심 분연하였다. 이 따위 연막에 대항하기 위하여는 새롭고 효과적인 엔간치 않은 무기를 장만하지 않을 수 없다 생각해 두었다.

또 그 이튿날 밤은 질척질척 비가 내렸다. 그 빗속을 그는 소녀의 오빠와 걷고 있었다.

"연! 인제 내 힘으로는 손을 대일 수가 없게 되구 말았으니까 자넨 뒷갈망이나 좀 잘해 주게. 선이가 대단히 흥분한 모양인데—"

"그건 왜 또."

"그건 왜 또 딴청을 허는 거야."

"딴청을 허다니 내가 어떻게 딴청을 했단 말인가?"

"정말 모르나?"

"뭐를?"

"내가 E허구 같이 동경 간다는 걸."

"그걸 자네 입에서 듣기 전에 내가 어떻게 안단 말인가?"

"선이는 그러니까 갈 수가 없게 된 거지. 선이허구 E허구 헌 약속이 나 때문에 깨어졌으니까."

"그래서."

"게서 부텀은 자네 책임이지."

"흥."

"내가 동생버덤 애인을 더 사랑했다구 그렇게 선이가 생각할까 봐서 걱정이야."

"하는 수 없지."

선이— 오빠에게서 모든 이야기를 듣고 나는 참 깜짝 놀랐소. 오빠도 그럽디다— 운명에 억지로 거역하려 들어서는 못쓴다고. 나도 그렇게 생각하오.

나는 오랫동안 '세월'이라는 관념을 망각해 왔소. 이번에 참 한참 만에 느끼는 '세월'이 퍽 슬펐소. 모든 일이 '세월'의 마음으로부터의 접대에 늘 우리들은 다 조신하게 제 부서에 나아가야 하지 않나 생각하오. 흥분하지 말어요.

아무쪼록 이제부터는 내게 괄목(刮目)하면서 나를 믿

어 주기 바라오. 그 맨 처음 선물로 우리 같이 동경 가기를 내가 '프러포즈'할까? 아니 약속하지. 선이 안 기뻐하여 준다면 나는 나 혼자 힘으로 이것을 실현해 보이리다.

그럼 선이의 승낙서를 기다리기로 하오.

그는 좀 겸연쩍은 것을 참고 어쨌든 이 편지를 포스트에 넣었다. 저로서도 이런 협기(俠氣)가 우스꽝스러웠다. 이 소녀를 건사한다? 당분간만 내게 의지하도록 해? 이렇게 수작을 해 가지고 소녀가 듣나 안 듣나 보자는 것이었다. 더 그에게 발악을 하려 들지 않을 만하거든, 그는 소녀를 한 마리 '카나리아'를 놓아 주듯이 그의 '위티시즘'의 지옥에서 석방— 아니 제풀에 나가나? 어쨌든 소녀는 길게 그의 길에 같이 있을 것은 아니니까다. 답장이 왔다.


처음부터 이렇게 되었어야 하지 않았나요? 저는 지금 조금도 흥분하거나 하지는 않았습니다. 이런 제가 연께 감사하다고 말씀드린다면 연께서는 역정을 내이시나요? 그럼 감사한다는 기분만은 제 기분에서 삭제하기로 하지요.

연을 마음에 드는 좋은 교수로 하고 저는 연의 유쾌한 강의를 듣기로 하렵니다. 이 교실에서는 한 표독한 교수

가 사나운 목소리로 무엇인가를 강의하고 있다는 것을
안 지는 오래지만 그 문간에서 머뭇머뭇하면서 때때로
창틈으로 새어 나오는 교수의 '위티시즘'을 귓결에 들었
다 뿐이지, 차마 쑥 들어가지 못하고 오늘까지 왔습니다.
그렇지만 지금은 벌써 들어와 앉았습니다. 자— 무서운
강의를 어서 시작해 주시지요. 강의의 제목은 '애정의 문
제'인가요. 그렇지 않으면 '지성의 극치를 흘낏 들여다보
는 이야기'를 하여 주시나요.

엊그제 연을 속였다고 너무 꾸지람은 말아 주세요. 오
빠의 비장한 출발을 같이 축복하여 주어야겠지요. 저는
결코 오빠를 야속하게 여긴다거나 하지 않아요. 애정을
계산하는 버릇은 미움 받을 버릇이라고 생각하니까요.
'세월'이오? 연께서 가르쳐 주셔서 참 비로소 이 '세월'을
느꼈습니다. '세월'! 좋군요— 교수— 제가 제 맘대로 교
수를 사랑해도 좋지요? 안 되나요? 괜찮지요? 괜찮겠지
요 뭐?


단발(斷髮)했습니다. 이렇게도 흥분하지 않는 제 자신
이 그냥 미워서 그랬습니다.

단발? 그는 또 한 번 가슴이 뜨끔했다. 이 편지는 필시
소녀의 패배를 의미하는 것인데 그에게 의논 없이 소녀

는 머리를 잘랐으니, 이것은 새로워진 소녀의 새로운 힘을 상징하는 것일 것이라고 간파하였다. 그러면서도 그는 눈물 났다. 왜?

머리를 자를 때의 소녀의 마음이 필시 제 마음 가운데 제 손으로 제 애인을 하나 만들어 놓고 그 애인으로 하여금 저에게 머리를 자르도록 명령하게 한, 말하자면 소녀의 끝없는 고독이 소녀에게 1인 2역을 시킨 것에 틀림없었다.

소녀의 고독!

혹은 이 시합은 승부 없이 언제까지라도 계속하려나 — 이렇게도 생각이 들었고— 그것보다도 싹둑 자르고 난 소녀의 얼굴— 몸 전체에서 오는 인상은 어떠할까 하는 것이 차라리 더 그에게는 흥미 깊은 우선 유혹이었다.

# 작가 연보

1910년 8월 20일. 김연창과 박세창의 장남으로 출생.
　　　본명은 김해경.

1921년 신명학교 졸업.

1926년 동광학교(후에 보성고등보통학교) 졸업.

1929년 경성고등공업학교 건축과 졸업.조선건축회지
　　　《조선과 건축》의 표지도안 현상모집에 당선.

1930년 《조선》에 첫 소설 「12월 12일」 연재.

1932년 7월 '이상' 필명으로 시 「건축무한 육면각체」
　　　발표.

1933년 《가톨릭청년》에 시 「1933년 6월 1일」, 「꽃나
　　　무」, 「이런 시」, 「거울」 등 발표.

1934년 구인회에 가입. 박태원의 『소설가 구보씨의 일
　　　일』에 삽화 그려줌.《월간매신》에 시 「보통기
　　　념」, 「지팽이 역사」,《조선중앙일보》에 시 「오감
　　　도」 등 발표.

1936년 단편 소설 「지주회시」, 「날개」 등 발표. 변동림
　　과 결혼 후 동경으로 떠남.
1937년 2월 사상 불온혐의로 일본 경찰에 유치됨.
　　4월 17일 도쿄대학교 부속병원에서 사망. 이후
　　미아리 공동묘지에 안장.

# 이상에 대하여

1910년 서울에서 태어났다. 이름은 김해경(金海卿)이다. 여동생과 남동생이 두고 있으며, 여동생 김옥희는 '동생 옥희 보아라'라는 수필 안에서 그 관계를 보다 잘 파악할 수 있다. 1913년, 본처와의 사이에 자식이 없던 백부에게 맡겨져 자라고 그 슬하에서 학업을 쌓았다. 신명학교와 동명학교, 보성고보를 지나면서 미술에 관심을 가지게 되었는데, 이상이 집필 활동 이전에 미술과 건축 분야에서 일찍이 두각을 나타냈던 점은 잘 알려진 사실이다.

이상은 경성고등공업학교 건축부에 입학했는데, 졸업 기념 사진첩에 본명 대신 이상(李箱)이라는 별명을 썼다. 이후 조선총독부 내무국 건축과 기수로 발령되고, 조선건축회에 정회원으로 가입하는 등 건축 방면으로 활동을 시작했다. 동시에 미술과 관련한 활동을 활발히 이어갔는데, 1931년 제10회 조선미술전람회에 제출한 서양화

〈자상〉이 입선했고, 이후에는 본격적으로 시 작품을 발표하기 시작했다.

《조선과 건축》에 일본어로 쓴 시 〈이상한가역반응〉 등 20여 편의 시를 발표했고, 이듬해 같은 지면에 〈건축무한육면각체〉라는 제목을 달고 일본어 시 「AU MAGASIN DE NOUVEAUTES」, 「출판법」 등을 발표했다.

1933년에는 기생 금홍을 서울로 불러 종로 1가에 다방 제비를 개업하며 동거했는데, 제비 다방은 문학인이 드나들며 만남을 갖는 살롱 같은 역할을 하며 이태준, 정지용, 김기림, 박태원 같은 유수한 작가들이 이 제비 다방에서 교우하기도 했다. 정지용의 주선으로 잡지 《가톨닉청년》에 「꽃나무」, 「이런 시」 등을 국문으로 발표했고, 이태준의 도움을 받아 시 「오감도」를 《조선중앙일보》에 연재하지만, 15편을 발표하고 나서 표현이 지나치게 난해하다는 독자들의 항의를 받아 연재가 중단되기도 했다. 이상은 시작 활동을 하면서도 그림 작업을 종종 이어갔는데, 같은 해 동일한 잡지에서 연재된 박태원(朴泰遠)의 소설 〈소설가 구보씨의 일일〉에서 하융(河戎)이라는 예명으로 삽화를 그렸다.

1935년 다방 제비는 경영난으로 운영을 접었고, 금홍과도 결별했다. 이후 이상은 인사동에 카페 쓰루(鶴)와 다방 69을 연달아 개업했으나 사업에는 재능이 없었는지 모두 양도했고, 명동에서 열었던 다방 무기 역시 문을 닫은 후 지정된 거처 없이 이곳저곳을 떠돌았다.

1936년 구본웅의 소개로 창문사에 근무하면서 구인회 동인지 《시와 소설》 창간호를 편집 발간했다. 단편소설 〈지주회시〉, 〈날개〉를 발표하면서 평단의 관심을 받았다.

1937년 2월 사상 혐의로 도쿄에서 검거되고 나서 한 달가량 조사를 받았는데, 그러는 동안 폐결핵이 악화되어 보석으로 출감되었다. 출감 후 병원에 입원했는데 4월 17일 해당 병원에서 28셀의 나이로 사망했다.

이상은 작품 내에서 새롭고 실험적인 시도를 한 것으로 대표되는 시인이다. 형식과 문법에 구애받지 않는 그만의 시 형식은 누군가에는 거부감으로 누군가에게는 천재성으로 받아들여지기도 했다. 소설 작품을 보면 주인공의 내면이 세밀하게 묘사되는 경향이 짙은데, 일면 이상 자신을 투영하는 경우가 종종 엿보인다.

일제강점기에 태어나고 활동한 시인으로, 적극적인 독립 활동이 없었던 탓에 그에 대한 비난의 목소리도 있지만, 그가 남긴 독특하고 실험적인 시도는 지금까지도 많은 독자의 사랑을 받고 있다.